星空の人形芝居

熊谷千世子

国土社

もくじ

1 U《ユー》ターン 4

2 出会い 18

3 父さんの変身 28

4 今田人形《いまだにんぎょう》クラブ 38

5 任《まか》された大役 48

6 キャンドルナイト 63

7 りんご園 74
8 七海《ななみ》の気持ち 85
9 世界とつながる 97
10 亀裂《きれつ》 115
11 満天の星 124
12 仲間とともに 136
あとがき 159
参考資料 162

1　U《ユー》ターン

樹《いつき》の部屋いっぱいに、あまい香《かお》りがただよっている。

マンションのとなりの部屋のおばさんが、引《ひ》っ越《こ》しのお祝《いわ》いにとどけてくれた大つぶのぶどう。樹の大好きな巨峰《きょほう》だ。

「樹ったら、さっきから食べてばかりで、全然かたづいていないじゃない」

リビングで荷造りをしていた母さんが、樹を見て顔をしかめた。

「うん、わかってる。がんばってるんだけど、どうしてか、どんどんちらかっちゃうんだよ」

足のふみ場のなくなった部屋の真ん中で、樹は大きなため息をついた。

「しっかりしなさい、来週からはもう新学期よ。のんびりしていたら春休みが終わっちゃうわ。父さんは今ごろ田舎《いなか》で一人、てんてこまいしてるわよ」

ふくれあがった段《だん》ボール箱《ばこ》に封《ふう》をしながら、母さんがいった。

「田舎にUターンしたいっていいだしたのは、父さんだよ。きっと、大はりきりで、あちこちかけまわってるよ」

樹はちょっぴり、くちをとがらせる。

Uターンっていうのは、生まれ故郷《こきょう》を出て都会でくらしていた人が、ふるさとに帰ってくらすことをいうらしい。

半年前に会社を辞《や》めた父さんは、ひと足先に自分の田舎に帰って、樹たちを迎《むか》える準備《じゅんび》をしている。

樹たちは四月から、父さんの田舎でくらすのだ。

「やっぱり樹にはきついかな、六年生からの転校って」

母さんは、荷造りの手を止めて樹を見た。

「べつに、なんともないよ、そんなの。新しい所で心機一転《しんきいってん》、っていうのもわるくないかも」

ここ以外ならどこでもいいし……。口をついて出そうになる言葉を、樹はぶどうといっしょに飲みこむ。

「あっ、それより母さんこそ、仕事はどうするの？」

母さんはグラフィックデザイナーだ。結婚《けっこん》してからもずっと、大手の広告代理店で、ばりばり仕事をしていた。

でも父さんの単身赴任《たんしんふにん》が長くなってからは、家でパソコンを使ってやりとりをするフリーランスの仕事にかえた。

「母さんは大丈夫よ、これさえあれば、どこでも仕事ができるからね」

まかせなさいというように、母さんは胸《むね》を反《そ》らせた。

「それに、田舎《いなか》に帰って店を継《つ》ぐっていうのが父さんの決断なら、母さん、応援《おうえん》したいと思ってるの」

母さんは仕事用のパソコンを、大切そうにそっとなでた。

父さんが、勤《つと》めていた農機具の会社を辞《や》める決心をしたのは、田舎のおじいちゃんが脳梗塞《のうこうそく》でたおれて、しばらくしてからのことだ。

さいわい意識《いしき》はもどったけれど、右の手足に麻痺《まひ》がのこった。

おばあちゃんと二人で、小さな農機具屋をつづけてきたおじいちゃんは、こまかな機械の修理や、機械を持ち上げたり運んだりの、力のいる仕事はできなくなった。

「こんな体じゃあ、もう農機具屋の仕事はできないからね。私らの代で、店を閉《し》めようと思ってるんだよ」

病院にお見舞《みま》いに行ったとき、ベッドに横たわったおじいちゃんのとなりで、おばあちゃんはさびしそうに笑っていた。

それから少しして、父さんは休みをとってよく田舎に帰るようになった。

大通りのイチョウの葉が黄色く色づきはじめた日曜日の夕方、田舎から帰ってきた父さんは、思いつめた顔をして樹たちの前にすわった。

「父さん、会社を辞めて、田舎に帰っておじいちゃんの店を継ぎたいと思ってるんだ。

店の改装《かいそう》や建て直しの話も、少しずつだがまとまってきた。今までの仕事のスキルをいかして、地域《ちいき》の役に立つ農機具屋にしたいんだ」

怖《こわ》いほど真剣《しんけん》な顔だった。

「母さんとも話し合ったんだが、家族がはなればなれにくらす生活は、もうやめにしたい。父さんといっしょに、田舎《いなか》に越《こ》してくれないか」

思いがけない父さんの言葉に、樹はぽかんと口を開けた。

でも、母さんはおどろいたようすもなく、樹を見つめて小さくうなずいていた。

「Uターン家族ってかんじね。新しいくらし、ちょっとあこがれるわね」

母さんは、さばさばとした感じでいった。

父さんが樹を見た。

樹はつられるようにして、うなずいてしまったのだ。

「それにしても、この引《ひ》っ越《こ》しの作業だけは、もう、うんざり。よし、もう、なんでもいいからつめこんじゃおう」

一番大きなぶどうをほおばると、樹は手当たりしだい、段《だん》ボール箱《ばこ》に入れる。

学校から持ち帰った荷物の中に、クラスのみんなからもらった色紙があった。

「元気でがんばってください」「友だちいっぱい作ってね」って、どこかで見たような文章がならぶ寄《よ》せ書《が》きだ。

先生が朝の会で樹の転校の話をしたときだけ、みんなはちょっとおどろいた。

でも、それで終わり。話題はすぐに他のことに移って、いつもの一日が始まった。

「ざんねーん、楽しかったのにぃ」

休み時間に、真妃《まき》がわざとらしく体をよせてきて、耳もとでささやいた。

親友だった果歩《かほ》は樹を見ようともせずに、無表情な顔で窓《まど》の外を見つめていた。

「もういい。これでいやな思い出とはお別れ、全部リセットするんだ。こんな所、早く脱出《だっしゅつ》するんだから」

つぶやいたひょうしに、ぶどうの種がのどにつかえた。水といっしょに飲みこむ。

色紙は捨てようかまよったけれど、荷物のおくに、ぐいぐいおしこんだ。

引《ひ》っ越《こ》しの日。朝早くに、母さんと、新宿のバスターミナルから出る高速バスにのって、田舎《いなか》に向かった。

しばらく走ると、見なれたビルやショッピング街《がい》が途切《とぎ》れ、山が見えてきた。四方をぐるりと取り囲む大きな山と、その向こうには、薄青《うすあお》く煙《けむ》ったような山並《やまな》みが連なっている。

ひとすじの帯《おび》になって流れる川を遠くに見ながら、走ること四時間。高速を降りて、終点の駅前にあるバスセンターにつくころには、乗客は樹と母さんのふたりだけになっていた。

「はあー、人が少ない、ビルがない、おみやげ屋さんばかり……」

町全体が、のんびりと昼寝《ひるね》をしているようだ。

赤い屋根の駅舎の横に、父さんと待ち合わせ場所のアイパーク広場が見えた。

父さんはまだきていない。

「アイパーク（多目的広場）」と書いた看板《かんばん》が立っていて、タイルを敷《し》き詰《つ》めた広場がひろがっている。正面にコンクリートの塀《へい》と、ステージらしい物が見えた。

ステージの柱の上に、小さな人形がちょこんとのっている。ネコくらいの大きさの、銅板《どうばん》で作った人形だ。

とんがり帽子《ぼうし》をかぶって、ブーツをはいている。左手にラッパを持って、空を見上げて楽しそうにすわっている。

「かわいい、ピノキオみたい。でも、どうしてこんな所にあるんだろう」

ふと右手を見ると、コンクリートの塀に、たくさんのパネルがならんでいた。

「人形劇《にんぎょうげき》カーニバル」のパネルにつづいて、人形劇団どんぐり座《ざ》、でんでんだいこ、今田《いまだ》人形座、人形劇団あおむし……。どれも劇団の名前のパネルだ。

「飯田《いいだ》で毎年開催《かいさい》される人形劇カーニバルに、十回以上、上演《じょうえん》参加した劇団は、パネルが掲示されるんですって。柱の上の人形は『出会いの番人』で、町には他に十二体の番人がいるそうよ」

記念碑《きねんひ》に刻《きざ》まれた文字を見ながら、母さんがはずんだ声でいった。

「ここ飯田で毎年八月に、人形劇《にんぎょうげき》フェスタが開かれるのね。世界中から人形劇の好きな人たちが集まってきて、上演するんですって。十日間もやるんだぞって、そういえば、父さんよく自慢《じまん》してたわ」

「こんな小さな町なのに？　世界中から人が集まるの？　人形劇をやるために？」

樹は思わず首をかしげた。これといって、目をひく物も見あたらない静かな町だ。

「そのころになると、人形も人もあふれかえって活気づくんですって。この町の大きなイベントらしいわよ」

母さんも興味深《きょうみぶか》げに、パネルのひとつひとつをのぞきこんでいる。

「人形であふれかえる町かあ……、ちょっと楽しそうかも」

何かいいことが待っていそうな予感がする。しぼみかけていた樹の胸《むね》がちょっぴりはずむ。

すぐ近くで車のクラクションが鳴って、ロータリーに白い小型トラックが入ってきた。窓《まど》から父さんが身をのり出して手をふっている。

「ヒョー、おどろいた、父さんったら別人みたい」

樹は思わず声を上げた。

父さんは、だぼだぼした水色のつなぎを着て、首にタオルを巻いている。スーツ姿《すがた》を見なれていたから、新鮮《しんせん》をこえておどろきだ。髪《かみ》はぼさぼさで、前よりも日に焼けたように見える。

「父さん、小型トラックなんて運転できるんだ」

荷台には、初めて目にするような機械がのっている。荷台の底は、どろや油がべったりとこびりついてよごれている。

「あたりまえだ、こんなのチョロイもんだぞ」

父さんは胸《むね》をはった。

見かけはさえなくなっちゃったけど、父さんの顔はどこか輝いて見えた。

駅前の市街地《しがいち》をぬけて十分ほど走ると、深緑色の大きな川が見えてきた。天竜川《てんりゅう》だ。赤い橋を渡ると、小さな若芽をつけた木がならぶ、畑らしいものが見えてきた。

「ほら、あれがりんごの木だ。じきにピンクのつぼみがふくらんで、白い花でうまる。ここいらはりんご畑が多いんだ」

父さんは得意そうに鼻をふくらませている。

しばらく走ると、大きなカーブの手前にあるコンビニを最後に、店らしい建物はぷつりと絶《た》えた。車はぎゅんぎゅんいいながら、坂道を登っていく。

「ここも飯田市なの？

「駅前の街並《まちな》みをはずれれば、ここらあたりはどこもこんなもんさ。どうだ、自然をたっぷり味わえていいだろう」

とまどう樹を見ながら、父さんが笑った。

今まで住んでいたマンションは、自然といえば歩いて三分のところにある公園ぐらいだ。ここはどこもかしこも緑ばかり、山と川と空だけで、自然しかない感じだ。

樹は車の窓《まど》を開けて、ほんの少し身をのり出す。

風といっしょに、草木の香《かお》りと、かすかにあまい香りも飛びこんできた。

「うーん、なんだろ、いいにおい」

樹は大きく息を吸《す》う。

「なっ、空気がうまいだろ」

父さんはまた、得意そうにいった。

道はどんどんせまくなっていく。車一台がぎりぎりの道になったころ、坂道の右手おくに、おじいちゃんの家が見えてきた。

車が道をまわりこむと、「杉野《すぎの》モータース」の青い文字が目に飛びこんできた。

「あれ？　どうしたの、あの看板《かんばん》！」

樹は思わず声を上げた。白地に黄色い縁取《ふちど》りがあざやかな、大きな真新しい看板だ。

店構《みせがま》えは古いのに、看板だけが新しくて、ぴかぴかと西日を受けて光っている。

「なっ、いいだろ。せめて看板ぐらい新しくしないとな。今はまだこんな小さな店だけど、少しずつおれ流に作り上げていくんだ」

父さんは、車から降りた樹と母さんを前に、自分にいい聞かせるみたいにうなずいた。

「ぼんやりしていられないわね。早く荷物をかたづけて、私も仕事を始めるわ。まずは、地域《ちいき》の情報《じょうほう》を集めることにする。樹は新学期の用意ね」

母さんは気合いを入れていうと、取り出したエプロンのしわをはたいた。

そうなのだ、新学期はもう、三日後にせまっている。

引《ひ》っ越《こ》しの準備《じゅんび》がおくれて、春休みはあっという間にすぎてしまった。

始業式に入学式、そしてまた、新しい学校生活が始まる。

またいるだろうか、真妃みたいな子が……。樹の胸《むね》がちくりといたむ。

店の裏手《うらて》にあるおじいちゃんの家に、荷物を運び入れる。

階段《かいだん》を上がった二階のすぐ右側が、樹の部屋だった。

荷物の中から、若草色のメガネケースを取り出す。

引っ越すときに、母さんにたのんで買ってもらった新品のメガネだ。

「なんでまたメガネなんて……？　メガネをかけるのが、今の流行なの？」

そういいながら首をかしげたけれど、それ以上は聞かずに買ってくれた。樹が果歩と遊ばなくなったことで、何かを気づいていたみたいだ。

ピンクのフレームの、度のないメガネ。目がいいことだけが樹の取《と》り柄《え》だけれど、転校してメガネをかけると決めていた。

メガネをかけて変身する。今までの自分をリセットして、生まれ変わる。

うつむいているばかりなのはいやだ。そのために、メガネは必需品《ひつじゅひん》だ。

メガネをかければ、顔がかくれる気がする。マスクもかければ最強だけど、それはがまん。ヘンな人って思われるのは怖《こわ》い。

「新しい杉野《すぎの》樹、誕生。メガネをかけた私、ちょっとかしこそうに見えていいかも」

樹は、鏡《かがみ》の中の見なれない自分に向かって手をふった。

2 出会い

おじいちゃんの家の前の坂道を登って少し行くと、小さな橋がある。それを渡って大きなカーブを曲がると、道のつきあたりに広い校庭が見えた。その向こうに、三階建ての白い校舎が、青空を背《せ》に建っている。

「ここが、今日から私の学校……」

校庭を取り囲むように桜《さくら》の木がならび、むせかえるほどに花びらを広げている。広い空だ。視界《しかい》をさえぎる物は何もない。樹《いつき》は小さくのびをする。

サッカーボールをかかえた男の子たちが、そんな樹を物めずらしげに見ながら通りすぎていく。

「転校生かな？」

男の子のささやく声が聞こえた。

どきっとした。急に不安が頭をもたげてきた。

下腹《したはら》あたりから冷たい物がこみ上げてきて、のどがふさがれそうになる。足が重い。

樹は思わず、メガネに手をやる。

「あーあ、なんていいながめ。すみからすみまで山が見えるのね」

樹の先を歩いていた母さんは、校舎の前でふりかえると、のんびりといった。

「あら、杉野《すぎの》さん？　杉野樹さんね」

正面玄関《げんかん》から、女の人がにこにこしながら顔を出した。肩《かた》までの髪《かみ》をふわりとカールさせた、小柄《こがら》なやさしそうな人だ。

「六年担任《たんにん》の生田《いくた》です。よろしくね」

生田先生は目をほそめてにっこりした。

その笑顔につられて、固まりかけた樹の体がほどけていく。

「杉野です、どうぞよろしくおねがいします」

となりにいた母さんが、深々と頭を下げた。

生田先生に案内されて、児童昇降口にまわる。

くつ箱《ばこ》が何段《なんだん》もあるぎゅうぎゅうづめだった学校とちがって、ゆったりと広い。

新品の上ばきにはきかえて、顔を上げたとき、樹は思わず息を飲んだ。

「えっ、人形？　なんでここに？」

昇降口を入った正面の壁《かべ》ぎわに、大きなガラスの展示ケースがあった。その中に、二体の人形がいた。日本人形だ。大きい。小柄《こがら》な樹の胸《むね》ぐらいまである。

ひとりは赤い着物を着て、頭の天辺《てっぺん》を丸く結《ゆ》って、髪《かみ》は耳の下で切りそろえている。子どもみたいな人形だ。

木の立札《たてふだ》に「おつる」とある。この子の名前だろうか。

もうひとりは、灰色っぽい縞模様《しまもよう》の着物を着て、日本髪に結っている。お母さんらしい姿《すがた》の人形だ。

人形に名前がついているなんて……。

思わず学校の怪談話《かいだんばなし》を連想して、背中《せなか》がぞぞっとした。

人形が夜、校舎を歩きまわるとか、話しかけてくるとかいう怖《こわ》い話だ。

人形をよく見ると、立ち方がおかしい。お母さんの方は、だらりとした着物のすそにかくれて、足が見えない。まるでなにかにつり下げられているみたいな姿《すがた》だ。

「はじめて見る人は、びっくりするでしょ」

とまどう樹に気づいて、生田先生が肩《かた》に手を置いた。

「これはね、今田人形《いまだにんぎょう》っていうの。三百年も前から、この地域《ちいき》に守り伝えられてきたあやつり人形よ」

「三百年！　じゃあこの子たち、かなりのおばあちゃんというわけ？」

目を丸くする樹の横で、生田先生はからからと笑った。

「このあたりは昔、今田村といったのね。それで今田人形。土地の人は親しみをこめて、でこんぼっていってる。人形の愛称《あいしょう》ね」

生田先生は、愛《いと》おしむように人形たちを見つめている。

「真近に見たのは初めてです。三百年ですか！　存在感《そんざい》がありますね」

母さんはガラスケースの周《まわ》りを、何度もまわりながら人形をながめている。大人の手のひらぐらいの白い顔。どこか遠くを見ているような、つぶらな瞳《ひとみ》。櫛目《くしめ》の通った、本物みたいな黒髪《くろかみ》。

今にも動き出しそうな気がする。

見ているつもりが逆に、じっと見られているような気がして、樹はあわてて目をそらした。

人形はやっぱり苦手だ。きれいでかわいいけれど、生きているようでちょっと怖い。

予鈴《よれい》のチャイムが鳴った。ぴんとはっていた空気がゆるんだ。

「あっ、いけない、急ごう、始まっちゃうわ」

生田先生が樹の背中《せなか》をそっとおした。

校舎が一棟《とう》と体育館だけのこじんまりとした学校だ。木造《もくぞう》校舎の中は、どこにいても木の香《かお》りがする。窓《まど》の多い廊下《ろうか》は広くて明るい。空気もやわらかい気がする。

各学年とも、一クラスずつで、六年生の教室は、三階の一番はしだった。

男子が十人、女子が樹を入れて九人。これまでの半分くらいの人数に、樹は少しほっとした。

朝の会で名前を紹介《しょうかい》されて、樹があいさつをすませると、すぐに、体育館で始業式だった。

その後は一年生の入学式があり、つづいてホームルームに教科書の受け取りと、あわただしいまま、あっという間に時間がすぎた。

おかげで、あれこれ聞かれることもなかった。メガネはずっとかけていた。

帰りの会が始まった。朝からの緊張《きんちょう》がとぎれてほっとしたとたん、つかれがどっとおしよせてきた。

まぶたが重い、先生の話が遠のいていく。

「……って、ねえ、聞こえてる？」

とつぜん肩《かた》をゆさぶられて、はっと目を開けた。一瞬《いっしゅん》、眠《ねむ》ってしまったらしい。みんなはくばられたプリントをしまいながら、帰る用意を始めている。

樹ははずかしさで、耳たぶまで熱くなった。

「大丈夫？　びっくりしたあ、気を失ってるかと思ったよ。はい、プリント」

となりに大柄《おおがら》な子が立っていて、プリントを差し出しながら笑っている。

ショートカットの髪《かみ》に、濃《こ》いブルーのフレームのメガネの子だ。ちょっと見ると中学生のように大きくて、声も太い。

「あ、ありがと……」

樹はあわてて背《せ》すじをのばす。ほおが火がついたように熱くなった。

「つかれたんだね、むりないよ、引《ひ》っ越《こ》したばかりでしょ。ようこそ、わが美里《みさと》小学校へ」

スカートのすそをつまむような仕草をして、おどけて頭を下げた。

「私、前田七海《まえだななみ》。うっれしい、メガネをかけた子がきてくれて。今まで私だけだったからさびしかったんよ。よろしくね」

ずり下がったメガネを指で上げながら、七海はにっと笑った。ほおがもり上がって、めがねがひょいっと浮き上がった。

樹の胸《むね》がトキンとはねた。うそメガネなのに、仲間と信じて喜んでくれている。少しもうたがっているようすのない七海の笑顔から、樹はあわてて目をそらす。

「ほらみろ、この人いやがってるぞ。七海といっしょにされちゃ、だれだってめいわくさ」

後ろから、変声期まっさい中って感じのかすれた声がした。くせのある髪《かみ》をつんつん立たせた小柄《こがら》な少年が、にやにやしながら七海の前に立った。

むすっとした七海が、すかさず回《まわ》し蹴《げ》りをしかけた。

強烈《きょうれつ》な一発が、するりとよけたその子の、おしりをかすめた。

「へっ！　凶暴女《きょうぼうおんな》、もう、おまえ、ほんとに女かよ」

「あったりまえ、よく目を開けて見ろ！」

七海は腕《うで》を組むと、鼻をフンと鳴らす。

男の子は、おーこわ、とふざけながら逃げ出す。

七海はなんでもないみたいに、にっと笑って教えてくれた。

「あいつは陽斗《はると》、さわがしくてニホンザルみたいでしょ。ちょろちょろしてるけど、気にするほどのことないから」

七海は人差し指を立てて左右にふった。

こういう姉御肌《あねごはだ》のたくましい女子って、苦手なタイプだ。真妃《まき》と重なってくる。たいくつな子だとわかるとあれこれいいだして、そのうち無視《むし》をするに決まっている。

かかわらない方がいい。

樹はせいいっぱいの笑顔を作ると、目をそらしてうつむいた。

樹の心に巣くっている黒いかたまりが、ドクンドクンと波打っていた。

3 父さんの変身

転校して一週間がすぎた。

「樹《いつき》、これから人形芝居《にんぎょうしばい》を見に行かないか？」

夕飯のあと、父さんがいった。

「はぁ？　これからって、もう外は暗いよ」

日は長くなってきたけれど、六時半をすぎれば山に囲まれたこのあたりは、闇《やみ》は一気に濃《こ》くなってくる。

「車ですぐの所だから、大丈夫だ」

「人形芝居って何？　もしかしてあの人形？　学校にあった今田人形《いまだにんぎょう》のこと？」

赤い着物の女の子。朝と帰りに目にするたび、何かいいたげな顔でそこにいる。

目が合うと取りつかれそうな気がして、樹はあわてて通りすぎるのだけれど。

「おお、よく知ってるな。土日の夜は、このあたりの有志《ゆうし》で作った人形座《にんぎょうざ》のメンバーが集まって、今田人形の練習をしてるんだ」

父さんは、上着にそでを通しながらいった。

「みんなって？　まさか、父さんも新入りでやるとか？」

「おっ、いかん、始まってしまう、行くぞ」

樹の問いかけには答えないで、父さんは車のキーを手に、玄関《げんかん》に向かっていく。

人形は苦手だけど、人形芝居ってどんなものか、興味《きょうみ》をひかれた。

樹もパーカーをはおると、父さんの後を追いかけた。


車で五分ほど坂を下ると、杉《すぎ》や檜《ひのき》の巨木に囲まれた古い神社が見えてくる。

その横に、白壁《しらかべ》もあざやかな、木造の大きな建物があった。

『今田人形の館《やかた》』の看板《かんばん》が、木立の間からちらちら見えた。

かすかに三味線《しゃみせん》や太鼓《たいこ》の音が聞こえてきた。うなるような声も聞こえる。

ざわざわとしたおおぜいの人の声や、ドタドタと足音も響《ひび》いてくる。

「小さなころに、いちどつれてきただけだったから、樹はおぼえていないかもしれないな。父さんの子どものころは、神社の秋の祭りには、屋台《やたい》が出るし、集まる人も多くてにぎやかだったぞ」

父さんは声をはずませた。

石段《いしだん》を照らす蛍光灯《けいこうとう》の灯《あか》りで、石灯籠《いしどうろう》に彫《ほ》られた「大宮八幡宮《おおみやはちまんぐう》」の文字が見えた。

これが神社の名前らしい。

鳥居《とりい》の先に、古びた神社がぼんやりと浮かび上がる。

「あれ、ここって、見たことがある……」

樹はたしかめるように、あたりを見まわした。

「おーい、慎《しん》ちゃん、おそいぞお。足遣《あしづか》いがおらにゃあ、練習が進まんぞ」

坊主頭《ぼうずあたま》のおじさんが、館《やかた》の玄関《げんかん》からひょっこり顔を出した。

「いやあ、まっちゃん、すまん、すまん」

父さんはかた手を上げて、おじさんに向かって軽く会釈《えしゃく》をした。

「あいつはまっちゃん、松澤《まつざわ》っていって、父さんの幼《おさな》なじみなんだ。よくいっしょに遊んだもんだ。ずっとここで仕事をして、人形芝居をやってるんだ」

父さんは、子どもみたいに目を輝かせた。

玄関を入ると、舞台《ぶたい》と客席のホールが見えた。おくには、人形倉庫や大道具倉庫、今田人形の資料室があるらしい。

舞台の真ん中には、大きな火《ひ》の見櫓《みやぐら》が立っていた。テレビの時代劇《げき》みたいだ。舞台のはしでは、赤い着物を着た女の人形が踊《おど》っている。三人がかりで動かしている。

外で聞いた三味線《しゃみせん》やうなり声は、カセットテープから流れていた。照明を調整している人もいる。十人ぐらいのおじさんやおばさんたちが、いそがしそうに動いている。

父さんは上着をぬぐと、舞台に向かって一礼した。

「ええええっ！　まさか、父さん、本当に人形座のメンバーなの？」

樹の目も口も丸くなる。

「ははは、三つ子《みつご》の魂《たましい》百までっていうだろ。ガキのころから人形を見て育ったから、田舎《いなか》に帰れば体がうずいてたまらないんだ。まっちゃんにたのんで仲間に入れてもらった。中学以来、人形なんてさわってないから、新米《しんまい》同然だ」

ふり返った父さんは、照れたように頭をかいた。

舞台《ぶたい》の下で、白い鼻緒《はなお》のぞうりにはき替《か》えると、父さんは音もなく舞台に上がる。

中央で中腰《ちゅうごし》になっていたおじさんに代わって、人形の着物のすそをつまんだ。

一体の人形を三人で動かすらしい。三人の息が合わないと体がぶつかるし、動きがバラバラになってしまいそうだ。

人形の動きに合わせて、父さんはぞうりをふみ鳴らし、足音を立てる。すると、人形は、自分の足で歩いているみたいに動き出す。

ドタドタドタ、バタバタバタ、ドン！

人形の顔の動きに合わせて、右に左に、大きく足をふみ鳴らすと、人形の足も、右に左に大きく動き出す。

樹は知らず息をつめて、舞台を見つめていた。

「あれ、おまえもきてんの？」

とつぜん声をかけられて、樹は思わず肩《かた》をすくめた。

そろりとふりむくと、陽斗《はると》がにこにこしながら立っていた。

「ああ、あの新入りのおじさんが、おまえの父さんか。おれの父さんは、あっち」

陽斗は、さっき父さんに声をかけたおじさんを指さした。

「松澤さん、っていう人……？」

「そう、おれ、松澤陽斗、あの人の息子《むすこ》。大ばあちゃんは、太夫《たゆう》なんだ。義太夫節《ぎだゆうぶし》を歌う名人さ。御歳《おんとし》八十五歳、すごいだろ」

陽斗は得意そうに胸《むね》をはった。

「太夫？　義太夫節って？」

「あは、おまえ、知らないの？」

陽斗はきょとんとして樹を見た。

「ほら、流れているだろ、大ばあちゃんの声。大ばあちゃんの義太夫《ぎだゆう》に合わせて、三《しゃ》味《み》線《せん》も弾《ひ》くんだぜ。大ばあちゃんは、世界一の太夫《たゆう》さ」

陽斗はうっとりと目をとじた。

カセットから聞こえる節《ふし》のついたうなり声のような声、これが義太夫節《ぶし》らしい。

「はー、すごいね。本物の役者さんみたいだ」

むずかしくて、何をいってるのかわからないけど、すごいことだけはわかる。

「なっ、おれの大ばあちゃん、すごいだろ。おれも早く、大ばあちゃんみたいに語れたらいいなあ」

陽斗は、義太夫節に合わせて首をふる。

舞台《ぶたい》の上で、ひときわ大きな足音がした。

人形が、髪《かみ》をふり乱《みだ》して、火《ひ》の見櫓《みやぐら》にかけよろうとしている。

父さんが口を真一文字に結んで、腰《こし》を曲げたまま人形の足を遣《つか》う。その動きに合わせて足をふみ鳴らす。その音が人形の足音に聞こえて、リアルさが増《ま》す。

「はあー、動きに足音が加わると、人形の動きが生きてくるんだね」

樹は思わず感嘆《かんたん》の声を上げた。

陽斗がこくこくとうなずいた。

「いつ見ても迫力《はくりょく》あるよな。あの女性はお七《ひち》。これはかの有名な、『伊達《だ て》娘恋緋鹿子《むすめこいのひがのこ》火《ひ》の見櫓《みやぐら》の段《だん》』の場面だぜ」

おどろいて見入る樹の横で、陽斗は得意げに説明してくれる。

「今夜中に、刀《かたな》のありかをつきとめないと、恋人の命はない。ありかを知ったお七が、なんとかそれを知らせようと、恋人をさがす。火の見櫓の半鐘《はんしょう》を鳴らせば、火事だと思って、恋人も出てくるかもしれない。でも、死罪《しざい》になっちゃうんだ、そんなことをしたらさ。でも、お七は鳴らすんだ、恋人を助けようとしてさ」

陽斗は、目を輝かせて舞台を見つめる。

お七さんもだけど、後ろで人形を遣《つか》う三人の大人たちも、必死な顔だ。

父さんのひたいに汗《あせ》が光る。何かに集中するきびしい顔だ。駅で見たとき、父さんが晴れやかに見えたのは、この人形芝居のせいかもしれないと、ふと思った。

「そうだ。おまえ、クラブ、今田人形クラブに入らない？　小学生が今田人形を遣うのは、県内でも数少ないんだ。それに、クラブ活動として、早くからずっとつづいているのも、めったにないんだぜ。けっこうめずらしがられて、いろんな所で発表したりして喜ばれるんだ。みんな入ってるしさ」

陽斗がパチンと指を鳴らした。

「あっ、クラブ……！　そうだった、どうしよう」

生田《いくた》先生によびとめられて、クラブの希望を聞かれたばかりだ。

クラブというのは特別活動の中の一つで、四月から十月の毎月二回、四年生以上が火曜日の六時間目に受ける授業のことだ。全部で十二時間ある。

スポーツ、工作、手芸や料理、音楽など八種類ほどあって、地域《ちいき》の人も入って指導《しどう》してくれるものらしい。

さしあたって、樹はやりたいことがないから、返事を保留《ほりゅう》にしていた。

「主役は人形で、おれらは脇役《わきやく》だけどな。すげえ、楽しいぞ。おれの、人形遣いのかっこよさを見られるぜ」

陽斗は、しれっとした顔でいった。

人形遣いは黒衣《くろご》のはずだ。顔も黒い布でおおうはずだ。顔出しなしで人形を動かすのはおもしろそうな気もするし、声を出さなくてもいいようだし。みんなも入っているのなら、おおぜいの中のひとりだし……。

「OKな？　ようし、まかせとけ、おれから先生にいっておいてやるよ」

樹が何もいわないのをいいことに、陽斗は大きくうなずくと胸《むね》をどんとたたいた。

それからまた、うっとりした顔で、大ばあちゃんの語りに耳をかたむけて、舞台《ぶたい》に集中していた。

4 今田人形《いまだにんぎょう》クラブ

「ほんと！　今田人形クラブ、入ってくれるの！」

翌日、樹《いつき》が教室に行くと、七海《ななみ》がメガネをおさえながらかけよってきた。

「そりゃあそうよね、なんてったって、ここは人形芝居《にんぎょうしばい》のお里《さと》だもん。わたしね、四年生の時からずっと今田人形クラブひとすじなんだ。中学に行っても今田人形クラブに入る。高校になったら、今田人形座《ざ》に入って座員《ざいん》になるんだ」

七海は一気にまくし立てた。それから、夢《ゆめ》見るような顔で天井《てんじょう》を見つめた。

いったい、なんだっていうんだろう。陽斗《はると》も七海も、それから父さんも、みんなして人形に夢中《むちゅう》だ。

ごきげんな七海と陽斗の笑顔を横目で見ながら、樹はそっとため息をつく。

「さあさあ、行こう、今日はクラブの顔合わせだよ」

帰りのあいさつを終えると、七海がかけよってきた。

「人形クラブは視聴覚室《しちょうかくしつ》な」

そういいながら陽斗まで、樹の所にやってきた。ふたりにはさまれるようにして、樹は歩く。なんだか、連行中の犯人《はんにん》みたいな気分になった。

視聴覚室に行くと、生田《いくた》先生と、七海と陽斗に、五年生が女の子と男の子がひとりずつ、四年生は小柄《こがら》な女の子がふたりで、樹を入れて全部で七人だった。

「みんな、おそいね。まだあとからくるんでしょう」

樹はのびあがって、入口を見つめた。

「今年のメンバーは、めでたく七人そろったわね。人形二体を動かすには、ちょうどいい人数ねえ」

生田先生がうれしそうに目を輝かせた。

「え？　これだけ？　だって、みんな入ってるっていうから……」

樹がおどろいて陽斗を見ると、陽斗は目をクルクルまわして、にっと笑った。

「そっ、みんな何らかのクラブに入ってるじゃん。人数は少なくても、ここにいるのは人形大好きの、やる気満々の集まりだからさ」

「やる気満々って……」

だまされた……。なんて調子のいいやつ！　樹はぎゅっと陽斗をにらむ。

「樹さんが入ってくれたから、今年は六年生が三人も！　たのもしいわね。わがクラブは、小学生が人形を遣《つか》う活動を最初に始めた、伝統《でんとう》あるクラブなのよ」

生田先生が満足そうにうなずいた。

「そうそう、そういうこと。あっと、でこんぼ、でこんぼさんたち持ってこなきゃ」

陽斗はおどけた声をあげながらかけだした。

陽斗につづいて、みんな、われ先にと教室を出て行く。

しばらくしてがやがやとにぎやかな声がした。陽斗が子どもの人形を、七海が大人の人形を、人形立てごと運んできた。

他の子は引出しのついた木箱《きばこ》と、小さなお盆《ぼん》と杖《つえ》と笠《かさ》を持ってきて、長机《ながづくえ》に置いた。

「あっ、それ、玄関《げんかん》にあった人形でしょ」

顔をうつむけて立っているのは、赤い着物を着た、あの女の子だ。

いく重《え》にも重ねた着物のそでから、生まれたてみたいな小さな白い手が見える。

弓《ゆみ》なりの眉《まゆ》、どこを見ているのかわからない、奥二重《おくふたえ》のすずしげな目、紅《べに》をさしたような赤い薄《うす》い唇《くちびる》。ほおがふっくらとして、やさしそうに見える。

「もっと冷たくて怖《こわ》い顔だと思ってた。こんなにかわいい顔してたんだ」

「でしょう、このおつるさんもおゆみさんも、かわいくて美人なんだよ」

七海はうれしそうに人形の顔をのぞきこんだ。

六年生が三人、五年生がふたり、四年生がふたり。ぎりぎり七人の、ちょっと心ぼそい感じの人形クラブがスタートした。

樹と四年生以外は、去年からの経験者《けいけんしゃ》だと聞いて、ちょっぴりほっとした。担当《たんとう》の先生が生田先生なのもうれしい。

陽斗にうまくのせられたのはしゃくだけど……。

待ちきれないというように、陽斗がおつるさんをかかえる。

左手を、着物の背中《せなか》の切りこみからさし入れて、首を起こす。

動かない口と目が、首と手足だけの空っぽの胴体《どうたい》が、命が吹《ふ》きこまれたみたいにしゃきっとした。

なにかいいたげに見つめる一途《いちず》な瞳《ひとみ》、小さな口。人間と同じように心があるみたいで、目がはなせない。

怖《こわ》い気持ちは消えて、魔法《まほう》をかけられたように、おつるさんを見つめた。

十時ころ、人形芝居《にんぎょうしばい》の練習から帰ってきた父さんが、目を丸くして樹に声をかけた。

「おいおい、本当か？　人形クラブに入ったんだって？　陽斗君がみんなに話してたぞ。父さん、初耳だったからおどろいたのなんのって」

「そう、あいつに、すっかりのせられた。人形クラブ、みんな入ってるっていうから」

樹はぷっとほおをふくらませた。

「ははは、まあなんでもいい、やってみろ。やらないと、その良さがわからないからな。大宮八幡宮《おおみやはちまんぐう》の秋の祭礼《さいれい》には、毎年人形クラブも出るんだぞ。たしか中学生の演《えん》目《もく》は、『政岡忠義《まさおかちゅうぎ》の段《だん》』仇討《あだう》ちの話で、小学生は、『傾城阿波鳴門《けいせいあわのなると》　順礼歌《じゅんれいうた》の段』だったな」

持ち帰ったばかりの自治会《じちかい》便《だよ》りを見ながら、父さんがいった。

「はあ？　祭りに出るってどういうこと？　しかも何、その長々しいタイトルは」

授業《じゅぎょう》でだって、そんなむずかしい言葉は出てこない。

樹が今まで聞いてきた中で、一番いかめしくて意味不明の言葉だ。

「古典《こてん》の名作だ。長い話の一部を区切って演じるわけだ。涙《なみだ》なしには語れない、悲しい話だぞ。

殿様《とのさま》の命令で、家宝《かほう》の刀《かたな》を取り返すために、わが子を置いて盗賊《とうぞく》の仲間になったおつるの父と母。おつるは父母をさがして順礼の旅に出る。やっと母のおゆみに出会えたおつるだが、おゆみは娘《むすめ》のおつるに危難《きなん》がおよぶのを恐《おそ》れて、母と名のれない。そのせつない場面を演じるんだ」

父さんは、すんと鼻をすすった。

「そうかそうか。まあ、おまえもがんばってみろ」

勝手になっとくしてうんうんとうなずくと、さっさとお風呂に入ってしまった。

テーブルに置きっぱなしの自治会便《じちかいだよ》りを手にとって、ぱらぱらとめくる。

「大宮八幡宮秋季祭礼」と大きく載《の》っていて、十月十七日宵《よいまつ》祭り、十八日本祭りとある。宵祭りの所に、「傾城阿波鳴門　順礼歌の段」出演、美里《みさと》小学校今田人形クラブとあった。

「宵祭り？　けいせいあわのなると　じゅんれいうたのだんって……。そんなむずかしい話を、小学生が、今田人形でやるの？」

かわいらしさも楽しさも感じられない、大人たちが歌舞伎《かぶき》とかでやるような、古い時代の芝居《しばい》だ。

こんなの、だれが喜んで見るんだろう。

「むりだよ、むり……こんなむずかしいの、できるわけがないじゃん。まるっきり初心者の私と、四年生のふたりを入れて七人しかいないのに。どうするの！」

どう考えたって、不可能《ふかのう》としか思えない。

「おやおや、どうしたの、ため息なんてついて」

おじいちゃんの部屋から出てきたおばあちゃんが、樹のしかめっ面《つら》に気づいて笑った。退院してからリハビリをがんばっていたおじいちゃんだけど、先月風邪《かぜ》をひいて以来、寝《ね》こむことが多くなった。

おじいちゃんの世話と、畑仕事で、おばあちゃんは毎日いそがしそうだ。

「ねえ、どうしてここには人形芝居なんてあるの？　父さんなんて、今までなんにもいってなかったのに、もう夢中《むちゅう》になってる」

とがった声が出た。

「あらら、ごきげんななめのようね」

おばあちゃんは眉根《まゆね》を上げると、樹の横にすとんとすわった。

「今年も小学生がやってくれるんだね、ありがたい、ありがたい」

おばあちゃんは自治会《じちかい》便《だよ》りを見て、手を合わせた。

「もう、おばあちゃんまで……、子どもがやるとありがたいもんなの？」

「そりゃあね、ずーっと昔からつづいてきた人形芝居を、この先も消してほしくないからね」

おばあちゃんは「ずーっと」に力を入れた。

「ずーっと昔も、子どもたちの人形芝居はあったの？」

おばあちゃんは笑いながら首をふった。

「おばあちゃんの子どものころはね、ほとんど大人の男の人しか演《えん》じていなかった。農作業や蚕《かいこ》の世話を終えて集まって、みんな夜おそくまで練習してたね。

昔は今みたいに、テレビも娯楽《ごらく》もなかったからね、子どもも大人も、神社の秋祭りに見る人形芝居が楽しみだった。稲刈《いねか》りを終えて、お蚕様《かいこさま》の仕事も一段落《だんらく》して、畑や果樹《かじゅ》の収穫《しゅうかく》に追われながらも、ひと息つくころの祭りだからね。重箱《じゅうばこ》にごちそうをつめて、みんなで持ちよって楽しんだものだよ」

おばあちゃんは、昔をなつかしむように目をほそめた。

「父さんが中学生のころかね。地元のみんなの協力で、中学校の部活動に今田人形部ができたんだよ。父さんったらとつぜんそれに入ってね、えらく熱心にやっていたよ」

おばあちゃんはクフンと笑うと、また自治会便りに目をやった。

子どもだったおばあちゃんは、祭りの人形芝居を、どんな顔して見ていたんだろう。

父さんは、どうして人形クラブに入ったんだろう。

昼間見たおつるさんの顔が浮かんできた。

5　任《まか》された大役

いよいよ今日から本格的にクラブ活動が始まる。

視聴覚室《しちょうかくしつ》に行くと、見おぼえのあるおじさんが生田《いくた》先生の横に立っていた。

「あっ、座長《ざちょう》さんだ！」

陽斗《はると》は鳥みたいに、手をパタパタしながらかけよった。

がっしりとした骨太《ほねぶと》の体に、日焼けした腕《うで》と顔。白髪《しらが》のまじったオールバックの髪《かみ》形《がた》の人だ。座長さんのイメージに、ぴったりあっている。

館《やかた》で人形座《にんぎょうざ》の練習を見かけたときには、目の鋭《するど》い怖《こわ》い感じのおじさんだった。でも、今、陽斗と笑いながら話している座長さんは、やさしそうなおじさんだ。

「人形座の座長さんで、塩澤《しおざわ》さんです。今年もいそがしい仕事のあいまをぬって、今《いま》田人形《だにんぎょう》クラブの指導《しどう》をしてくださいます。十月の祭礼奉納《さいれいほうのう》の上演《じょうえん》に向けて、腕《うで》をみがいてがんばりましょう!」

生田先生が気合いをこめた声でいう。

「はい!」「ハイ、おねがいします!」と、元気よく返事をしたのは、陽斗と七海《ななみ》だけだ。

「今年も特別練習あるんですよね」

陽斗が張り切っていった。

「うん? 特別練習って……? あのぉ、どういうことかな?」

樹《いつき》はおそるおそる、七海にたずねた。

「そのまんまの、そういうこと。クラブの時間以外にも放課後やったり、人形《にんぎょう》の館《やかた》で練習したりするの。今田人形クラブはお遊びじゃないんだからね。いいかげんな人形遣《つか》いをすると、伝統《でんとう》を傷《きず》つけることになるからね」

七海は座長さんみたいに、きびしい顔でいった。

五年生も、あたり前のようにうなずいている。

「今年も新しい人が入ってくれてうれしいことだな。またしっかり練習して、りっぱな発表ができるようにしよう」

座長さんは目をほそめて樹たちを見た。

「みんなも知っていると思うが、人形はみんなより小さいけれど、ひとりでは遣《つか》えない。三人で息を合わせて遣うことで生きてくる」

そういいながら座長さんは、人形立てからおつるさんをはずした。

着物の背中《せなか》から左手を入れて、おつるさんを支《ささ》える。

おつるさんがしゃきっと顔を上げた。

「かしらと右手を動かす主遣《おもづか》い、左手を動かす左遣い、そして足遣いの三人の息があって、はじめて生きた人形になるんだ」

座長さんが左手を動かすたびに、おつるさんは首を上げたり横を向いたりする。

「今年も『傾城阿波鳴門《けいせいあわのなると》　順礼歌の段《じゅんれいうただん》』を祭りで演じるわけだが、この芝居《しばい》で遣う人形は、娘《むすめ》のおつると、母親のおゆみの二体だな。さっそくだが、役を決めようと思う。

配役をいうぞ。

まず、おつるさんの主遣いは陽斗、左遣いは樹、足遣いは交代で、萌《もえ》とみさきに任《まか》せようと思う。母親のおゆみさんの主遣いは七海、左遣いは奈緒《なお》、足遣いは桂太《けいた》でいきたい」

陽斗はガッツポーズをして、「よし」と小さくさけんだ。

七海は大まじめな顔でうなずいている。

「私も早く、主遣いがしたいな」

奈緒は口をとがらせた。

「おつるさんを、動かす、私が……！」

樹は、いきなりいわれてぎょっとした。怖《こわ》いような、晴れがましいような気もする。

「去年やった人はよくわかっていると思うが、新しい人もいるから、人形の仕組みや遣い方を、もう一度説明するよ」

座長さんは、樹と、四年生ふたりの新メンバーを見ながら話してくれた。

「人形はな、かしらと胴《どう》、それと肩《かた》からひもでつるした手足で体ができている。それに、役柄《やくがら》に合わせた衣装《いしょう》を着せているんだ」

おつるさんを動かしながら、座長さんはつづける。

「かしらは檜《ひのき》なんかの木を彫《ほ》って作り、目、鼻、口が動くように細工《さいく》がしてある。顔は、貝殻《かいがら》の粉《こな》と、にかわをとかした胡粉《ごふん》を、塗《ぬ》り重《かさ》ねて作るんだったよね」

陽斗が、座長さんの口調《くちょう》をまねていった。

にかわというのは、獣《けもの》や魚なんかの、骨《ほね》や皮、腱《けん》や腸《ちょう》などを水で煮詰《につ》めてできる固まりで、接着剤《せっちゃくざい》の役目をするらしい。

「こまかな動きは、胴串《どぐし》、かしらを支える支柱《しちゅう》のことだな、そこについているひもで、顔や首の動きをつけるんだ」

座長さんは、おつるさんのかしらを胴体からぬいて、胴串を見せてくれた。

持ち手の所に突起《とっき》が出ていて、仕掛《しか》けを動かす糸が結んである。

仕掛けを動かしながら、三人の人形遣《にんぎょうつか》いの役割《やくわり》を説明してくれた。

「主遣《おもづか》いは、人形の背中《せなか》から左手を差しこんで胴串をにぎり、かしらを動かす。そして、同時に右手で、人形の右手についている差し金をつかって人形の手を動かす。

主遣いは、高い位置で人形を操作《そうさ》するから、遣い手の身長に合わせて舞台下駄《ぶたいげた》をはく。

左遣いは、右手で人形の左手を動かし、左手で笠《かさ》や杖《つえ》などの小道具をあつかう。

足遣いは、両手で足を動かし、ぞうりをはいた自分の足で、足音をふみ鳴らす。女性の人形のときは、着物のすそをつまんで、足さばきを表現するんだ」

「はあー、たいへんなんだ。一体の人形を動か

すのに、こんなに複雑な仕組みがあるなんて」

樹は思わずため息をついた。

七海は重そうに見えるおつるさんを、かるがると持ち上げて動かし始めた。

「ぼくは陽斗です。今年もよろしくお願いします」

陽斗はおつるさんに頭を下げると、そっと持ち上げた。

「まるで拝《おが》んでいるみたい、へんなやつだよね。おつるさんがこまってるよ」

七海があきれている。

陽斗は気を悪くしたようすもなく、へへっと笑うと、

「おまえ、おつるさん持ってみる？　はじめてだろ、先にさわらせてやるよ」

不安そうな樹に気づいておつるさんを渡してくれた。

おつるさんは、おだやかな顔で樹を見上げている。怖《こわ》いという気持ちが、しだいにうすれていく。

「ふー、なんか緊張《きんちょう》しちゃうな」

汗《あせ》ばんだ手のひらを、Ｔシャツのすそでぬぐう。

背中《せなか》から左手を入れる。着物の重さだろうか、考えていたより重い。

胴串《どぐし》をにぎって、親指と人差し指で突起《とっき》を上下させる。効《き》き手《て》じゃないから、なかなか力が入らない。

それでも人形の首はかすかに動いた。

おつるさんの顔が、ふり返りながら樹の方に向いた。まるで、どうしたのって聞いているみたいだ。

「そこのピンクのめがねの子、もっと高く持ち上げて！　そんなに低くちゃ客席から見えんぞ」

座長さんはさっきから何度も、樹に、アップしろの合図を送っていたらしい。

「おい、おい、おまえのことだぞ」

陽斗にわき腹《はら》をこづかれた。

メガネをかけてるってことをわすれてた。樹はあわてて左手を高く持ち上げる。

「正面向けて、君がじゃなくて、おつるさんの顔だ、横向いてるぞ」

座長さんが、こっちだ、というように手まねきする。

「わかるけど、うまくいかないよー、それに、重い……」

にぎっている手がしびれてきた。腕《うで》がぷるぷるふるえてくる。

指がつっていたい。思うように動かせない。

正面を向かせたいのに、おつるさんはますます首をひねって、樹をふりあおぐ。

「主遣《おもづか》いの役割《やくわり》は重いぞ。まあ、初めてにしてはこんなもんだろう。そのうちだんだんできてくるから」

座長さんは、はげますように笑いかけてくれた。

くやしいけれど、ギブアップだ。おつるさんが、ガクンとうなだれた。

樹はそうそうに、陽斗に手渡した。

そのあとは配役どおりに組んで、人形を動かすことになった。

左遣いの樹は、陽斗の左側にたち、右手で差し金をにぎって、人形の左手を動かす。

天下泰平
奉遍禮
日月清明

足遣《あしづか》いの萌とみさきは交代で、左右の足を動かしながら、歩いているように見せる練習だ。

圭太は同じ足遣いだけれど、大人のおゆみさんの足はないから、着物のすそで、動きを見せる練習だ。

「おつるさんの足が反対だぞ。あっ、ほれほれ、体の方が先に行っちゃうと、うらめしやのお化《ば》けになっちまうぞ。おーい、左手が後ろ向きだ、ねじれてるぞ」

座長さんは、動きまわりながら、ひとつひとつ教えてくれる。

「まあまあ、そのうちなれてくれれば、うまくなるで」

自分にいい聞かすみたいに、汗《あせ》をふきながら何度もうなずいている。

みんなのTシャツも汗ではりついている。いっぺんにはおぼえきれない、こまかな仕草のきまりもあって、樹の頭の中はぱんぱんだ。

三人で息をそろえて動くのは、思った以上にむずかしい。汗がふきだしてくる。

「ふえー、あついー!」

「左手もうだめ、だるいよー」

十分もすると、そんな声が口をついて出る。

「あーあ、これっぽっちで音《ね》を上げてちゃダメだな。上演《じょうえん》時間は約三十分だぜ」

陽斗は、すずしい顔をしていう。

「えー、三十分もー？」

萌とみさきが、腕《うで》をふりふりしゃがみこむ。樹もその場に、へなへなとすわりこんでしまった。

「こんなハードなはずじゃなかったのに」

はやくもうんざりだ。それにしても陽斗と七海はうまい。

陽斗は軽々とおつるさんをあやつっている。

七海は、悲しむおゆみさんの気持ちに動きを合わせて、練習しているみたいだ。人形といっしょに自分も首をかしげてうつむく。おゆみさんになったみたいに悲しげな顔をする。

樹は息をつめて七海を見つめていた。

「すごいね、おゆみさんが本当に生きてるみたい」

七海はふっと顔を上げた。

「あは、どうやったら人間みたいに動かせるか考えてると、自分まで動いちゃう」

七海のひたいから、大つぶの汗《あせ》が流れ落ちた。

みんな大真面目《まじめ》だ。

でも、樹は陽斗の激《はげ》しい動きについていけない。足遣《あしづか》いの萌も、おつるさんの足がぐちゃぐちゃやだ。

七海たちのおゆみさんも同じで、顔が右を向いているのに、足は左、手は後ろと、妖怪《ようかい》みたいになっている。

クラブ初日で、もう限界だ。ふだんは使ったことのない筋肉《きんにく》が、悲鳴《ひめい》を上げている。

この先ずっとこんな思いをするなんて、陽斗の誘《さそ》いにのらなければよかった。

陽斗がうらめしくなる。

「つった、つった、筋肉痛《きんにくつう》ー！」

七海がとつぜん大声を上げて、左手をぐるぐるまわし始めた。

「おれ、毎日、腕立《うでた》てふせ五十回やってるから、こんくらいは大丈夫」

陽斗は汗《あせ》をふいて胸《むね》をはった。

「よし、今日の練習はこれくらいにしよう。みんなよくがんばったな。人形は三位一《さんみいっ》体《たい》、三人が一体になって動かさなければだめだ。三人が心を一つにすること、それがまず、一番大事なことだ」

座長さんも、タオルでぶるぶると顔をふいた。


「あさっての日曜日、キャンドルナイトがあるんだぜ。行くだろ。おれんちでのせてってやるよ」

練習の帰り道、陽斗が手をほぐしながらいう。

「人形座も上演するしさ。電気を消してキャンドルの明かりを楽しむんだぜ。しゃれてるだろ」

陽斗は、夢《ゆめ》見るように宙《ちゅう》を見ている。

この軽い誘《さそ》いが要注意だ。うっかりのると、またおかしな事に巻きこまれる。

樹は知らん顔して歩き出す。

今田人形は好きになってきた。人形芝居もおもしろそうだと思う。

でも、それは見ていればばっていう話だ。

人形を遣《つか》うことが、こんなに大変だとは思わなかった。クラブではその他おおぜいの一人のはずだった。

まさか、おつるさんを動かす大切な役をやることになるなんて、夢《ゆめ》にも思っていなかった。

勝手に歯車が動き出した。ちゃんとできるだろうか。

6 キャンドルナイト

夕闇《ゆうやみ》がせまる歩道の両わきに、三十センチぐらいの高さの竹筒《たけづつ》がならんでいる。竹の表面にはさまざまな模様《もよう》に小さな穴《あな》がくりぬかれていて、そこからろうそくの灯《あか》りがもれて、あたりにふしぎな光と影《かげ》を散らしていた。

竹ろうそくというのだと、陽斗《はると》がさっき、得意そうに教えてくれた。

「なっ、きてよかっただろ、なっ、いいだろ。おまえのスピーチの、ネタにもなっちゃうし」

陽斗はさっきから同じ事ばかりいっている。

「ああいうのを、バカのひとつおぼえっていうんだね。もう、キャンドルナイトの自《じ》慢《まん》ばっかり！」

七海《ななみ》がけたけたと笑った。

今日から三日間、駅前の並木通《なみきどお》りを中心にキャンドルナイトがつづく。

電気を消して、キャンドル、つまりろうそくの灯《あか》りで夜を体感する催《もよお》しだ。

樹《いつき》は七海といっしょに、陽斗の家の車でつれてきてもらった。

そして、スピーチというのは、毎週月曜日の朝の会に、名簿順《めいぼじゅん》にまわってくる三分間スピーチのことだ。

「ううっ、そうだった、スピーチがあったんだ……」

自分のことを話すのは苦手だ。人の前でスピーチをするなんて、考えただけでもぞっとする。

「気にしない、気にしない。今夜のキャンドルナイトのことでも、適当《てきとう》にいえばいいんだよ、そんなの」

七海がトンと背中《せなか》をたたいた。

道ぞいにならんだ竹ろうそくの灯りが、幻想《げんそう》的な風景を作り出している。

「うわあ、すてき。おとぎの国へきたみたい」

歩道に浮かび上がる光の輪《わ》を、両手ですくうようにして、樹は声をはり上げた。

「そうでしょう、でしょ！」

先を歩く陽斗が、また得意げにふり返る。

「あっ、やべー、今田人形座《いまだにんぎょうざ》の上演《じょうえん》は八時からだ。もう始まるぞ、広場まで急げ！」

竹ろうそくに見入っている樹たちに見切りをつけて、陽斗はかけだした。


広場には人形座の舞台《ぶたい》ができていた。ビニールシートにゴザを敷《し》いた客席と、その後ろに三十脚《きゃく》ほどの椅子《いす》がならべてある。

陽斗が最前列の椅子の真ん中に席を取って、手まねきしている。

「樹のおじさんの人形遣《にんぎょうづか》いデビューだよね。『お七《ひち》　火《ひ》の見櫓《みやぐら》の段《だん》』ってね、すっごい迫力《はくりょく》で好きなんだ」

七海は目を輝かせて、舞台に目をやる。

舞台中央に、人形《にんぎょう》の館《やかた》で見た火の見櫓が置かれている。舞台の背景《はいけい》は、江戸の街《まち》らしい景色《けしき》が大きな布に描《か》かれていた。

舞台装置《ぶたいそうち》もみんな、今田人形座と、地元の今田人形保存会《ほぞんかい》の人たちの手作りだ。

父さんが誇《ほこ》らしげに話してくれた。

たくさんの人たちが広場に集まってきた。

「ね、あのろうそくは何？」

一段高くなった舞台を照らすように、六本の太くて大きなろうそくが等間隔《とうかんかく》にならんでいる。大きくゆらぐろうそくの炎《ほのお》を守るように、ろうそくの周《まわ》り半分は、風よけの和紙が巻いてある。

「あれは和《わ》ろうそくといってね、今田人形の秘密兵器《ひみつへいき》。やわらかな灯《あか》りで舞台を見るためなんだ」

七海が耳元でささやいた。

「よおっ、江戸の灯りで見る今田人形芝居！」

聞き耳をたてていた陽斗が、とつぜん大声をはり上げた。

まるでそれを合図のように、舞台そでからトントントントンとはずむように、太鼓《たいこ》が鳴り出した。

和ろうそくの炎が大きくゆらめいて、舞台をやわらかく照らし出す。

カチ　カチ　カチ　とざい　とーざーい――

拍子木《ひょうしぎ》の音がして、黒装束《くろしょうぞく》に黒ずきんのおじさんが、口上《こうじょう》をいいながら登場した。

舞台の右手にせり出した「床《ゆか》」には、語りをする太夫《たゆう》の女の人と、三味線《しゃみせん》の男の人がすわっている。

迫力《はくりょく》のある生《なま》の三味線の音と、太夫の張《は》りのある大きな声があたりに流れ出した。

真っ赤な着物に身をつつんだお七人形が、舞台の左手からすべるように登場してきた。あたりをうかがい、行きつもどりつするお七さんの必死なようすに、みんなは思わず身をのり出した。

「ひょー、いいぞ、お七さん！」

シートの上であぐらをかいていたおじさんが、「ピュー！」と口笛《くちぶえ》を吹《ふ》く。

はりつめた空気の中、お腹《なか》のそこから沸《わ》き立つような太鼓《たいこ》の音が、ドドドドドドドと鳴り響《ひび》く。

舞台《ぶたい》との不思議《ふしぎ》な一体感につつまれて、樹はぐっと息を飲む。

いとしい恋人に会うために、お七さんは火あぶりを覚悟《かくご》で、火《ひ》の見櫓《みやぐら》にのぼろうとするところだ。火事でもないのに、火の見の鐘《かね》を鳴らすのは、死刑《しけい》になるほどの大罪《たいざい》なのだ。それでもお七さんは、長い髪《かみ》をふり乱《みだ》し、はしごをのぼってては落ち、のぼっては落ちる。

やっとのぼり切ったお七さんはひとり、狂《くる》ったように鐘を打ちつづける。

恋人の姿《すがた》をさがして、身をのり出してあたりを見まわす。

拍手《はくしゅ》が起こった。「よっ、まってました！」のかけ声がかかる。

クライマックスだ。

背中《せなか》がぞくぞくしてくる。

お七さんは人形なんかじゃない、人だ、命あるひとりの舞台役者だ。すでに人形《にんぎょう》

遣《づか》いの黒衣《くろご》の姿《すがた》は目に映《うつ》らない。

三味線《しゃみせん》も太鼓《たいこ》の轟《とどろき》も最高潮《さいこうちょう》のさなか、お七さんは力つきて櫓《やぐら》の上で身をふせた。

音が消えて、あたりがしずまると、待ちかまえたように拍手《はくしゅ》が起きた。

幕《まく》が下り、幕が上がり、人形遣《にんぎょうづか》いの三人が黒衣姿のまま、舞台《ぶたい》の上であいさつをする。やがて、裏方役《うらかたやく》のおじさんたちも表れて、盛大《せいだい》な拍手を受けている。

樹はただ、息をつめて見つめるばかりだ。

「すっごいねえ、お七さん、本当は生きているんじゃ……」

となりにいる七海にかけた声が、樹ののどのおくで、こちんと固まった。

七海は舞台を照らすろうそくを、にらむように見つめている。怒《おこ》っているような、何かをこらえているような、見たことのないきびしい顔だ。

樹は吸《す》いよせられるように、七海の横顔を見つめたままだ。

「……すごいよね……、何度見てもすごいんだ、人間以上って感じでさ。でもさ……」

七海は、うめくようにつぶやいた。こぶしをぎゅっとにぎっている。

「なのに……、なんで人形は、父さんを守ってくれなかったんだろ！」

七海は背《せ》を向けてうつむいた。

（いまのはなに、なんのこと？　父さんって？　人形が守ってくれないって？）

たくさんの？が、樹の頭の中で渦《うず》を巻く。

とまどう樹に気がついて、七海は、ぶるぶると両手でほおをこすった。ぐいっと顔を上げると、ふうっと大きな息をはきだした。

それから、ゆっくりとふり返った。

「なんちゃってね。あはは、私の父さんも人形座のメンバーだったんだ。でもって、二年前に天国に行っちゃったのです」

七海はおどけた顔をして、いつもの笑顔をはりつけた。

七海の目がうるんでいる。泣いていた？

七海のお父さんがいないなんて、知らなかった。

七海はいつも明るくて、元気で、強くて、なやみなんて、なんにもなさそうに見えたのに。とつぜんの七海の変わりように、樹はとまどうばかりだ。

「おーい。何やってんだよ、帰っちゃうよー」

いつの間にか陽斗は向かいの歩道にいて、ぴょんぴょんはねながらさけんでいる。

「まずい、行かなきゃ。おいてかれる」

七海はいつもの調子を取りもどすと、陽斗に向かってかけだしていく。

七海の後を、樹はふわふわと追いかけた。


月曜日の朝がきた。樹はふとんの中で、いつまでもぐずぐずしていた。

母さんにたたき起こされて、しぶしぶふとんからはい出した。

熱を出して休みたかった。でも平熱、体はどこも悪くない。

重い足を引きずりながら、学校に向かった。

七海のつらそうな顔がちらついて、スピーチの内容がまとまらなかった。

キャンドルナイトの夜のことに、ふれてはいけない気がする。

でも、前の学校のことは思い出したくない。

みんなに話せることなんて、ひとつもない。

朝の会が始まった。樹の番がきた。

下を向いたまま、ポケットからなぐり書きしたメモを取り出す。

顔を上げないで、うつむいたまま読み上げる。

「転校して三か月がたちました。おじいちゃんが病気になったので、家族で引《ひ》っ越《こ》してきました。家は農機具屋をしています。いろいろわからないことばかりですが、早くなれてがんばりたいです」

これじゃあ、一分間スピーチにも足りない。樹は背中《せなか》を丸めてちぢこまる。しばしの沈黙《ちんもく》、それからまばらな拍手《はくしゅ》がおきた。

「ちょっとお、そんだけー？」

陽斗がおどけた声を上げた。

7 りんご園

今日から学校の創立《そうりつ》記念日と祝日、土日を入れて、四日間の連休だ。

まだ段《だん》ボール箱《ばこ》から出していない引《ひ》っ越《こ》し荷物の整理をしようとしていたら、表で車の止まる音がした。

「こんちはー！」

元気な七海《ななみ》の声だ。すぐに父さんと男の人の声もした。

窓《まど》からのぞくと、長ぐつに軍手に野球帽《ぼう》、首にタオルをかけた七海の姿《すがた》が見えた。

七海のとなりで父さんと話しているのは、がっしりとした体つきのおじいさんだ。

ふさふさのグレーの髪《かみ》、日焼けした顔にメガネのその人は、樹《いつき》のおじいちゃんよりも、ちょっと若《わか》いぐらいだろうか。

「おーい、樹、七海ちゃんだぞー」

父さんによばれて、樹は玄関《げんかん》にまわった。

「これからりんご園もいそがしくなるけれど、七海ちゃんが手伝ってくれるから、茂《しげる》さんも大助かりだね」

父さんは軽自動車から、小型の機械をおろしながら話している。

その横で、七海は樹に向かってピースサインを送っている。

「草がだいぶのびてきたから刈《か》ろうと思ったら、うんともすんとも動かない。ちゃんと手入れをせんといかんな」

そういいながら、ガハハと豪快《ごうかい》に笑った。こんな笑い方は、七海とよく似ている。

七海の家は、大きなりんご農家らしい。

「新しい型の草刈り機ですね。これならすぐ直せそうだ。午後にでもとどけますよ」

父さんが、エンジンやワイヤーを調べながらうなずいている。

「そりゃあ、ありがたい。なにね、この間ぎっくり腰《ごし》をやっちゃってね。肩掛《かたか》け式の草刈り機じゃ、りんご園の草を刈るには大変だからな」

茂さんはうれしそうに笑った。


「七海ちゃんちへ運んで行くぞ、樹も助手をたのむ」

昼過ぎに修理が終わり、父さんとどけに行くことになった。

七海の家は、樹の家から車で五分ぐらいのところだった。

ゆるやかにつづく傾斜面《けいしゃめん》に、白い花をつけたりんご園が広がっている。

車の窓《まど》を開けると、りんごの花のあまい香《かお》りがただよってきた。

昨日会ったおじいさんと、小柄《こがら》なおばさんがりんご園で作業をしていた。

その周《まわ》りで二年生くらいの男の子と、保育園くらいの女の子が遊んでいる。

七海は脚立《きゃたつ》に登って、棒《ぼう》の先に着いた大きな綿棒《めんぼう》のような物で、花のひとつひとつをぽんぽんとたたいている。

「それって、何をしているの？」

一本のりんごの木に、花は気が遠くなるほどついている。りんごの木はずらりとならんでいる。

「これは花粉付《かふんづ》け。品種のちがうりんごの花粉をつけてあげないと、りんごは実《み》をつけないんだ」

「これを全部の木の花に？　ひとつひとつ花粉をつけるの？」

気が遠くなる前に、放り出してしまいそうだ。

「昔はそう。でも今は、マメコバチさんに手伝ってもらっているんだ」

花の周りをよく見ると、小さなハチが飛び交っては花の蜜《みつ》を集めている。

「すごいなあ、毎日手伝ってるの？　えらいんだね、七海って」

樹の口からそんな言葉が自然に出た。

「しかたないの、父さんがいないからね。おじいちゃんと母さんだけじゃ、手が足りないんだ」

七海はなんでもないって感じでいった。

「こう見えても私、大事な働き手、体力には自信あり。連休もなにもありません」

七海はおどけた顔をして、ひょいっと肩《かた》をすくめた。

「樹もやってみる？　手数は多い方が助かる」

七海は花粉の入った缶《かん》を、樹にぬっと差し出した。

七海に教えてもらって、樹は低い枝を受け持った。花の芯《しん》に、ぽんぽんと花粉をつけていく。でも、ちゃんとついたのかわからない。

「いいのいいの、てきとうでいいの。助かるー！」

七海は楽しそうに笑った。

ふちを淡《あわ》いピンクに染《そ》めた、白い小さな花びらがかわいい。花粉をほしがるように、おしべとめしべをのばしている。

青い空をバックに、むせかえるように咲《さ》き誇《ほこ》るりんごの花。

やがて花びらが落ちると、がくが立ち上がってめしべの根元がふくらんで、おいしいりんごに育っていく。

「すごいね、こんな小さな花かられりんごになるなんて」

樹にとってりんごは、そのままりんごで、食べるもの、だ。

「もう投げ出したくなっちゃうけど、ひたすらがまんしてつづける。うちはこれが収《しゅう》入《にゅう》源《げん》だもんね」

七海は首をこきこきいわせてまわした。

農《のう》繁《はん》期《き》の今の時期は、父さんもあちこちから機械の修理をたのまれて、走りまわっている。

母さんは、市のタウン情《じょう》報《ほう》誌《し》のデザインや、スーパーのチラシのデザインの仕事をさっそく手に入れた。地《ち》域《いき》行事絵本の挿《さし》絵《え》もたのまれたとはりきっている。

杉《すぎ》野《の》モータースの店番や電話の応対は、これまでどおり、畑仕事の合間におばあちゃんが受け持っている。

「わたし、ひまだから、ときどき手伝わせてもらえる？」

「ねがってもない！　ときどきといわず、毎日大《だい》歓《かん》迎《げい》でーす！」

七海は脚《きゃ》立《たつ》の上で、両手を空につき上げた。

四日間の連休は、あっという間に過ぎた。

樹は七海のりんご園で、午後の大半を過ごした。

「ありがとね。樹ちゃんが手伝ってくれたおかげで、七海も楽しそうだったし、ずいぶん助かったわ」

最後の日に、おばさんが、イチゴのたっぷりのったショートケーキを、お茶の時間に出してくれた。りんごの木の下に青いシートを広げて、家族にまじり、輪《わ》になってすわる。

「こんなの初めて！　なんか遠足みたいで、いい感じ」

樹はケーキを口に入れながら、りんご畑を見まわす。広い空は、遠い山並《やまな》みにふちどられて、眼下《がんか》には天竜川《てんりゅう》が川面を光らせて流れている。

「そうだ、いいところへつれてってあげる」

七海がポンっとひざを打って立ち上がった。

七海の家の裏《うら》は、雑木林《ぞうきばやし》につづいていた。七海について斜面《しゃめん》をのぼると、視界《しかい》が開けた場所に出た。

丸太を組んで作った小さなあずま屋があった。

「これ、あたしが小さいころ、父さんが造ってくれた。小さなころは、日本一高い展《てん》望台《ぼうだい》だって思ってたんだ」

七海はクスンと鼻を鳴らすと、照れたように笑った。

丸太を組んだ階段《かいだん》をのぼる。ギシギシと音がする。

「大丈夫、おじいちゃんが補強《ほきょう》してくれたから」

七海は気にせず、ずんずんとのぼる。のぼるといっても、五段ほどの階段だ。

「見えないよね、遠くは。でもね、ここから見るりんご園は最高」

りんごの花が、白いさざなみを立てた海のように広がっている。

すずやかなあまい風が足もとを吹《ふ》きすぎる。七海はそっと息を吸《す》うと、澄《す》んだ声で歌い出した。

みどりにそまり
みどりをたがやし
みどりをそだて
みのりをいただく
ここが今田人形《いまだにんぎょう》のふるさと

でんでんと太《ふと》ざお心に響《ひび》き
心の底から声立ち上り
人の情念《じょうねん》語り出す
でこに命がよみがえり
江戸《えど》から今から物語る

（『グラフィック今田人形』より）

張《は》りのある声が風に乗ってあたりに広がる。樹はうっとりと聞き入った。

「すごい、歌うまいんだね、民謡《みんよう》大会に出たら絶対優勝《ぜったいゆうしょう》」

七海ががくんとずっこけた。

「あのねえ、民謡大会って……、アイドルはむりでも、せめて歌手になれそうとかいってくれない」

七海は笑いながらほおをふくらませた。

「この歌ね、父さんがよく歌ってたんだ」

七海は遠い目をして、山並《やまな》みを見つめている。

七海のお父さんのこと、知りたいけれども、樹は聞けない。

りんご園と、田畑が広がる緑の景色を、七海と見つめていた。

8　七海《ななみ》の気持ち

今田人形座《いまだにんぎょうざ》は八月の人形劇《げき》フェスタに出演するので、父さんたちの練習も、いよいよ大づめだ。

平日の夜も、座員たちは勤《つと》めを終えてから、二時間ほど練習をする。

人形を遣《つか》う座員は十三名と少ないから、役を掛《か》け持《も》ちでやることも多いらしい。

フェスタのチラシによると、演目《えんもく》は、『日高川入相花王《ひだかがわいりあいざくら》　渡《わた》し場《ば》の段《だん》』というものらしい。

「名を安珍《あんちん》と変えて僧侶《そうりょ》に身をやつし、熊野《くまの》に逃《のが》れてきた親王に、清姫《きよひめ》は恋をする。ところがその思いをこばまれ嫉妬《しっと》に狂《くる》う清姫は、大蛇《だいじゃ》となって川を渡り、山を越《こ》え、安珍を追いかけるんだ」

夕飯の時も、箸《はし》を一本ずつ左右の手に持つと、清姫の足の動きに合わせて体をゆらし始める。

「もう、父さんったら、また……。ぎょうぎ悪いわよ」

母さんにしかめっ面《つら》をされて、父さんは首をすくめる。

「むりないよ、美しいお姫《ひめ》様が、二本の金色の角を出し、むき出した目も口も金色に早変わりするところなんて、人形とわかっていても、何度見てもどきっとするもの」

樹《いつき》の助け船に、父さんはにんまり笑う。こんな事がこのごろふえてきた。


「あら、父さんったら、ぞうりをわすれてる」

洗濯《せんたく》物をたたんでいた母さんが声を上げた。

とりこんだ洗濯物の下から、足遣《あしづか》いがはくぞうりが出てきた。さっきまで父さんは足のふみこみの練習をしていた。

「樹、とどけてくれない、父さんこまるだろうから」

母さんにおしつけられて、樹はしぶしぶ立ちあがる。

人形《にんぎょう》の館《やかた》は、灯《あか》りが煌々《こうこう》とついていた。

入口からのぞくと、舞台《ぶたい》の真ん中には、布で流れを表した川がゆれていて、『日高川』の柱が立ち、小舟などの大道具や小道具がならんでいた。

「あら、樹ちゃん、お父さんに用かな。人形劇フェスタが近いからね。その準備《じゅんび》やら何やらで大いそがしよ。明日は人形倉庫を開けるから、陽《はる》ちゃんや七海ちゃんもさそって見においでよ」

人形座事務局《じむきょく》の木崎《きざき》さんが、ひょっこり顔を出して手まねきした。

木崎さんは元看護師《かんごし》さんで、五十年以上も人形芝居《しばい》をやっているといっていた。笑顔がステキで、くりくり動く大きな目と、歯切れのいい話し方が印象的《いんしょうてき》だ。

人形倉庫にはめったに入れないらしいから、いいチャンスかもしれない。

家に帰ると樹はすぐに、七海に電話を入れた。でも、陽斗《はると》には知らせないでおくことにした。

翌日、早めの夕ご飯を食べてから、樹は父さんの車で、七海といっしょに人形の館に向かった。

父さんたちは今夜も練習だ。

「よお、おそいじゃん、ひとりで見ちゃおうかと思ってたんだぜ」

館に着くと木崎さんの後ろから、陽斗がにゅっと顔を出した。

「あれ、最悪、なんでいるのよ。陽斗がくるなんて聞いてなかったのに」

七海が大げさに肩《かた》を落とすと、しかめ面《つら》をして樹をふり返った。

「さそってないよ、私だって、びっくりしてるんだから」

樹はあわてて首をふった。

「残念《ざんねん》でした、おれの耳は地獄耳《じごくみみ》だからさ」

陽斗は、つんとあごをそらせた。

人形倉庫は、畳《たたみ》三畳《じょう》くらいの小さな部屋だった。

壁《かべ》に取り付けられた木の棚《たな》に、たくさんの人形のかしらがならんでいる。

首から下のないかしらだけが、ぎっしりならんでいるのは、かなり不気味《ぶきみ》だ。どきっとした。

苦しそうな顔、怒《おこ》っているような顔、悲しそうな顔もある。色々なうめき声が聞こえてきそうだ。

「ヒョー、すごいね、同じような髪型《かみがた》をしていても、顔が微妙《びみょう》にちがう！」

七海が、かしらをのぞきこみながら感心している。

樹も七海の後について、こわごわ見くらべてみる。

「あれっ、この顔は、おつるさんでしょ、どうしてここにいるの？」

樹は思わずさけんだ。真ん中あたりの段《だん》に、練習で見なれたおつるさんがいた。

「同じ役名でも、人形のかしらは、ひとつだけじゃないからね」

「ふーん、おつるさんもたくさんいるんだね。たしかに、よく見ると、この子、学校のおつるさんとは、雰囲気《ふんいき》がちょっとちがう」

「かしらは檜《ひのき》を彫《ほ》って、中をくりぬいて仕掛《しか》けを造《つく》るのまで、ひとつひとつ全部手作りなの。だから、同じ名前のかしらでも、どれひとつとして同じ顔はないの。すごく美人さんもいたり、かわいい顔もいたりと、それぞれ味わいがあるのよ」

木崎さんは、人形の着物をハンガーからはずしながらいった。

「うひょおおー、こっちのは、ずいぶん古そー……」

陽斗が息を飲む。

部屋の右手おくの棚《たな》に、古い人形のかしらがずらりとならんでいた。

「そう、よくわかりました！　傷《いた》みがひどくて使えなくなった人形たちね。今田人形が始まった最初のころの物だから、もう二百年以上たっているんじゃないかな」

うめき声を上げているような顔の、もじゃもじゃの白髪《しらが》を結《ゆ》ったおじいさんだ。鼻の頭やまゆ毛の上の塗料《とりょう》がはげて、黄ばんでいる。名札には『神老《しんろう》』とある。

「あれ？　どうして女の人の口にだけ、とげみたいなのがついてるの？」

よく見ると、くちびるの両方のはしに、小さな羽《はね》のような突起《とっき》がついている。

クラブの練習のときも、おゆみさんの顔はまじまじと見なかったから、樹は今まで気がつかなかった。

「女の人が泣くときね、着物のそでをここに引っかけると……」

木崎さんが、人形の着物のそでをその突起にかけた。

とたんに、声を殺《ころ》して泣いている姿《すがた》に変わる。

「すごい！　よく考えてあるんだね」

「そうね。まゆのない顔や歯の黒い顔の人形もいるでしょ。結婚している女性なのよ」

「お歯黒《はぐろ》って言葉なら聞いたことがあるけど、人形も同じなんだ」

人形たちがいきいきと動けるのは、小さな工夫《くふう》が重ねてあるからなんだ。

「新しい顔も作るんですか？」

「それがね、今田人形のかしらを代々作ってくれる人形師がひとりしかいなくてね。もう高齢《こうれい》だから、これらが最後かな。なかなか後を継《つ》げる人はいないわね」

木崎さんは顔をくもらせた。

「越《こ》してきてからずっと、不思議《ふしぎ》だなって思ってたんだ。どうして昔からこんな手のかかる人形芝居が、今田村に生まれたんだろうって」

樹は、人形たちのかしらをながめながらつぶやいた。

「祭りをにぎやかにしようと、村人たちがお金を出し合って、人形を作ったのが始まりらしいわね。その当時、大阪や京都で人気の高かった人形芝居を自分たちも演《えん》じて、氏神様《うじがみ》に奉納《ほうのう》しようと考えたのね」

木崎さんが、壁《かべ》に貼《は》った年表を見上げながら説明してくれた。

「なにしろ、このあたりには古くから江戸と大坂を結ぶ三つの街道《かいどう》が通っていて、行き来する商人や旅人も多かったから、人形芝居の文化も伝わってきたんでしょうね」

「うん、その話、大ばあちゃんから聞いたことがある。京都や大阪で人形芝居がはやるようになって、旅まわりの人形遣《づか》いが、ここいらあたりにもよくきたっていってた」

陽斗が、目をくりくりさせていった。

「だから三百年もの昔から、ここは人形芝居の里《さと》だったのね。遣い手と人形が一体となって語る感動は、いつ見ても、いつの時代でも鳥肌物《とりはだもの》よ」

木崎さんはいとおしそうに人形をながめた。

人形芝居の里……、三百年もの昔から受け継《つ》がれてきた。

神社の周《まわ》りに立つ杉《すぎ》や檜《ひのき》の古木たちは、そんな人々の姿《すがた》を、ずっとながめてきたのだろうか。

かしらの反対側の棚《たな》には、着物を着た人形立てがならんでいる。その中の一体の人形に、樹の眼は釘《くぎ》づけになった。

羽織袴《はおりはかま》を着た武将《ぶしょう》姿で、髪《かみ》が、ぼんぼんみたいに広がっている。

「すごい、本当の髪の毛みたい」

思わず、ふわふわに広がった髪に手をふれた。

「そう、本物の人の毛髪《もうはつ》を使っているからね。それと、動物の毛が少し入ってる」

木崎さんはさらりといった。

背中《せなか》がぞくっとした。人の毛？　本物の人間の毛？

人形たちの髪が、急に呼吸《こきゅう》を始めた気がした。

今にも動き出しそうな気配がただよってくる。

「この部屋は、いつ見ても怖《こわ》いよな。はい、貴重《きちょう》なお勉強も、これにておしまい！　舞台《ぶたい》のようすを見てきます」

陽斗はさっさと逃げ出した。

「陽ちゃんは、あんがい臆病《おくびょう》だからね。そういう私も、ここに入るたびに、身の引き締《し》まる思いがするのよ。だから、ちゃんとあいさつして、人形たちと話しながら作業をするんだけどね」

木崎さんも肩《かた》をすくめて笑った。

七海はまだ、棚《たな》に飾《かざ》られた人形たちを見つめている。

舞台からは、人形遣《つか》いの足をふみ鳴らす音が聞こえてくる。今日は、三味線《しゃみせん》と、太《た》夫《ゆう》の人もきていて、最後の調整をするらしい。

樹は七海をさそってホールに行く。

人形を遣う父さんのTシャツは、汗《あせ》でぐしゃぐしゃだ。

陽斗のおじさんは頭に水色のタオルを巻いて、主遣《おもづか》いに集中している。

人形は、父さんたちに支《ささ》えられて、前に見たときよりもずっと、生き生きと踊《おど》り出した。後ろに大きな体の大人が三人もいるのに、不思議《ふしぎ》と視界《しかい》から消えて行く。

樹は息をはき出すのもわすれて、人形たちを見つめていた。


人形の館で陽斗とわかれて外に出ると、あたりはすっかり暗くなっていた。

母さんが、迎《むか》えにきてくれることになっている。

七海はさっきからうつむいたまま、ずっとだまっている。と、とつぜん顔を上げた。

「父さんね、今田人形が大好きだったんだ。仕事もいそがしいのに、毎日、一生懸命《けんめい》練習してた。でね、練習ばかりやってて、ちっとも病院に行かなかったから、体のこと全然気にしなかったから、練習を終えて、ここで倒《たお》れたんだ」

七海は、鳥居《とりい》のわきの駐車場を指さした。

「なんでかな、なんでかなって、ずっと考えてる。あんなに人形のこと好きだったのに、そのせいで……」

七海がクスンと鼻をならした。

「父さんが好きだった人形たちは、神社で舞《ま》う人形だよね。神様に守ってもらうために奉納《ほうのう》した、人形芝居のはずだよね。なのに、なんで、その人形は、父さんを助けてくれなかったのかな、なんて考えて……」

七海は唇《くちびる》をぎゅっとかみしめた。

「父さんと同じくらい人形を好きになれば、わかるのかなあって……」

なにかいわなきゃ、樹は言葉をさがす。

でも浮かんだ言葉も、七海の苦しみの前ではしぼんでしまう。

「……ゴメンね。なんかこのごろのあたし、へんだよね」

七海はパンパンとほおをたたくと、樹に向かっていつものように、にっと笑った。

9 世界とつながる

夏休みに入って今田《いまだ》人形《にんぎょう》クラブは、学校での練習のほかに、人形《にんぎょう》の館《やかた》で特訓《とっくん》を受けることになった。

十月の宵祭《よいまつ》りの舞台《ぶたい》に向けて、練習はどんどんきびしくなっていく。

はじめのうちは、らくに見えた左遣《ひだりづか》いだったが、けっこうたいへんだ。

おつるさんの順礼《じゅんれい》の鈴《すず》を鳴らすのも、笠《かさ》を持つのも、お金の入った包《つつ》みを受け取るのも、杖《つえ》をつくのも、どれもみな左遣いの役目だ。

もたもたしていると、足遣いの陽斗《はると》は、どんどん先へ進んでいってしまう。

「陽斗君、あんまりつっ走るなよ、みんながついて行かれんぞ」

座長《ざちょう》さんに注意されて気がつくのが、陽斗のいつものパターンだ。気持ちが入りこんでくると、陽斗は三人で人形を遣っているのをわすれてしまう。

それでも少しずつ、それぞれが、息を合わせて動けるようになってきた。

「形だけ動かすのでなく、人形の気持ちになって動くのが肝心《かんじん》だ」

座長さんが口ぐせのように声をかける。

樹《いつき》もだんだんその意味がわかってきた。

おつるさんの気持ち……、どんな思いで順礼《じゅんれい》の旅に出たんだろう。

どんな思いで母のおゆみさんと会って、別れていくんだろう。

親をさがして、はるばる訪《たず》ねてきたのに、何も知らされずに別れていくなんて。

名のれないまま、我《わ》が子を追い返すおゆみさんも、すごくつらかったんだろうな。


樹は、おつるさんの動きに合わせて考える。

「なんかさ、急に歳《とし》をとって、お母さんになった気分!」

七海《ななみ》が吹《ふ》き出した。

「あっ、おれも!　おつるちゃんになっちゃった気分だわ」

陽斗がしなをつけていった。

「おっ、よく悟《さと》ったなあ、それが大事なんだ。人形の心を考えて演《えん》じていれば、自然と心が同化する。人形に命が吹きこまれるわけだ。そして初めて、見ている人を感動させられるんだ」

座長さんが目をぱしぱしさせた。

「オウ、いいですねー、すばらしいですねー！」

とつぜん後ろから、不思議《ふしぎ》なイントネーションの甲高《かんだか》い声が響《ひび》いた。

おどろいてふりむくと、背《せ》の高い男性が、にこにこして立っている。

色白で、高い鼻、ほおに、うすいそばかすが浮かんでいる。栗色《くりいろ》の髪《かみ》は軽いカールがかかっていて、いかにも外国人っていう感じの人だ。

「オウ、アー　ユー　ノーランさん？」

座長さんが、日本語とも英語ともつかない言葉で話しかけた。

「はい、わたし、ノーランさんね」

その人は大きな目をくるりとまわして、手に持っているカメラをかかげた。

「あの、座長様、何が今、起こっているのでしょうか」

陽斗が、ノーランさんを見たまま、座長さんに小声で聞いた。

「わたし、にほんすきね。にほんぶんかだいすき。いまだにんぎょう、もうわくわく。ひとめぼれ？　すばらしい、すてきです」

ノーランさんはほおを紅潮《こうちょう》させて、身ぶり手ぶりもいそがしく話し始める。

「にんぎょうげきフェスティバル、いまだにんぎょう、すごい。ことしもたのしみ！　だから、きました。わたし、こどものころ、いまだにんぎょうとあった。ずっとわすれられない」

ノーランさんは、胸《むね》に手をおいて目をとじる。

「もう二十年くらい前になるかな、フランスで『世界人形劇《げき》フェスティバル』が開かれたときに、今田人形座が招待《しょうたい》されて、上演したんだ。ノーランはそれ以来のファンというわけだ。今年もフェスタにきてくれて、うれしいよ」

座長さんが目をほそめていった。

「知ってる、大ばあちゃんから聞いた！　でも、外国の人にわかるのかなあ、人形芝《しば》居《い》なんて。言葉もわからないし、話の時代も古いし、何もかも全然ちがうしさあ」

陽斗が首をかしげながら、また話し始めた。

「おれだってチンプンカンプンだったのにさ、外国の人なんか、舞台《ぶたい》を見てるだけじゃあ、わけわかんないんじゃないの」

「うんうん、たしかに。日本人だって義太夫《ぎだゆう》の語りの意味なんて、はじめてきく人には意味不明だもんね」

めずらしく七海が陽斗に賛成《さんせい》した。

「ことば、いらない。にんぎょうみてればわかります。かなしい、うれしい、くやしい、くるしい、みんなみんなにんぎょう、からだとかおと、てでおしえます。にんぎょういきているね」

ノーランさんはにこにこしていった。

「わたし、にんぎょうのしゃしんいっぱいとる。フランスでしゃしんてんする、みんなよろこびます」

ノーランさんは、樹たちにもカメラを向けてシャッターを切った。

「そのとおりだ。言葉はわからなくてもな、三味線《しゃみせん》の音色の変化と語り口、人形の仕草や色気で、心の動きをわかってもらえるものなんだ。国がちがっても言葉がわからなくても、感じる心は同じだ」

座長さんがしみじみといった。

「これがそのときの写真よ。今田人形の舞台《ぶたい》は大成功で、フランスの人たちに絶賛《ぜっさん》されたんですって」

資料室からもどってきた生田《いくた》先生が、ぶあつい本の一ページを指さしながらいった。

少し古びた感じの白黒の写真だ。人形を取り囲んでたくさんの外国の人が映《うつ》っている。その中央に今よりうんと若《わか》い座長さんと、木崎《きざき》さんの笑顔が見える。

アーケード下の写真らしい。舞台で上演《じょうえん》した翌日に、街頭《がいとう》に出て人形とふれあった時の記念写真だ。

みんな笑顔で人形を見つめている。

「オウ、これわたし！　オウ、わたしいます、かわいいね！」

後ろからのぞきこんだノーランさんが、写真を指さして笑い出した。

「あれ？　この人形、おつるさん？」

七海が声を上げた。

肩《かた》で切りそろえた髪《かみ》、天辺《てっぺん》を丸く結《ゆ》った髪型《かみがた》は、ぼやけているけどおつるさんだ。

そのおつるさんと向かい合っている男の子は、お母さんにだかれながら、うれしそうに笑って、おつるさんと話をするかのように見つめ合っている。

「うわあ、かわいい！　これ、ノーランさんなの？　お人形みたい」

樹は思わず声をはり上げた。

「いまだにんぎょうが、にんげん。にんげんのわたしが、にんぎょう。おもしろいね」

ノーランさんが手をたたいてわらった。

「でも、知らなかったー、おつるさんたちが外国に行ってたなんて、子どものころのノーランさんに会っていたなんて、ねえ」

七海は目を大きく見開いて、樹を見た。

「おつるさん、私たちよりすごいね、世界に羽《は》ばたいていたなんて」

樹も大きくうなずく。おつるさんはずっとここで、三百年の間ひっそりと眠《ねむ》り、静かにたたずんで、息を吹《ふ》きこまれるのを待っているものと思っていた。

「人形たちってもしかして、超能力《ちょうのうりょく》とか持ってたりして、そして、テレパシーで人と会話できるとかさ」

陽斗が目を輝かせた。

「テレパシーか、なるほどな。たしかに、言葉を持たない人形だが、言葉以上に、世界中の人々の心を結ぶ力を持っている。日本人もフランス人もない。みんないっしょだ。人形は世界に一番近いものだと、このとき確信《かくしん》したんだ」

座長さんはしみじみいうと、ノーランさんを見上げた。

「オウ、そうです、にんぎょうのちから　せかいをとびこえる。ことばなくても、ひとのこころをむすぶね」

ノーランさんも大きくうなずいた。

「世界に一番近い人形！　なんてすてき……！」

樹は思わず、両手をにぎりしめた。

こんな小さな人形が、世界の人々の心につながっている！

胸《むね》がドキドキ高鳴ってくる。

「じゃあおれたちって、すごいぞ。だって、世界に一番近い人形を動かしてるんだからな。人形が一番なら、おれは二番、いや三番！」

陽斗が陽気にはしゃいでいる。

樹の心もはずんでくる。誇《ほこ》らしい気持ちになる。

はじめのころは人形が怖《こわ》かった。ちょっと不気味《ぶきみ》だった。

太夫《たゆう》の語りも何をいっているのかわからなかった。話の内容も古いし。だから陽斗についていっただけだ。

でも、このごろなんとなくわかってきた。それは、みさきも萌《もえ》も同じらしい。

「いいか、君たちはな、りっぱに伝統《でんとう》文化を担《にな》う一員になったんだ。人と人がつながって、歴史や文化をつなげていく。君たちはみな、そのつなぎを果《は》たす大事なひとりということだ」

座長さんの言葉はスケールが大きい。

伝統文化を担う一員、人や歴史や文化をつなぐ一員……！

自分が大きくなっていくようで、樹は思わず身ぶるいした。

「それをわかっていてほしい」

座長さんの目は真剣《しんけん》だ。

七海は食い入るように、座長さんの顔を見つめていた。

桂太《けいた》は、さっきからにやにやしている。奈緒《なお》は目を丸くして、口をきゅっとすぼめて笑った。

「すごいんだね、私たち。そして、おつるさんたちも」

みさきと萌が顔を見合わせた。

ノーランさんはいっぱい写真を撮《と》って、ごきげんで帰って行った。フェスティバルの日まで、日本のあちこちを旅してまわるそうだ。

そして秋の祭礼にもまた、写真を撮りにくるといっていた。


帰り道も心が軽い、練習の後の右腕《みぎうで》は少しいたいけど、それも快感に変わってきた。スキップするたびに、「つなぎを果たす大事なひとり」って言葉が、心の中ではずんでいる。

樹はやっとおぼえた美里《みさと》小の校歌を、初めて口ずさんだ。

「樹に、かわいい絵はがきがきていたよ」

学校から帰ると、台所から、おばあちゃんが顔をのぞかせながらいった。

テーブルの絵はがきを手にとる。

どきっとした。右肩上《みぎかた》がりのくせのある文字、それにこのはがき。

差出人の名前はなくてもわかる。

果歩《かほ》と行ったディズニーランドで、おそろいで買ったシンデレラ城《じょう》の絵はがきだ。

「なんで今ごろ、はがきなんて……？」

いやな予感がする。そろりと裏返《うらがえ》す。

「ひとりだけ逃《に》げて、ずるいよ」

紙面いっぱいの、踊《おど》ったような大きな字が、目にとびこんできた。

胸《むね》のおくがきゅっといたむ。わすれていた日々がよみがえってきた。

「逃げるって、ずるいって何？　真妃《まき》の仲間になって私を無視《むし》してたのは、果歩なのに！」

ずっとしまいこんできた想いが、一気に吹《ふ》き出す。

心臓《しんぞう》がばくばく脈《みゃく》打ち始める。

「今ごろなんだっていうの、果歩にずるいなんて、いわれたくない！」

樹ははがきをもみくちゃにして、引きさく。

気分はいっぺんに最悪だ。真っ黒いインクで塗《ぬ》りつぶされたみたいだ。

「いやだいやだ、私の大切な世界をよごされるなんて！」

樹は大きく頭をふる。

ふいに、おつるさんの顔が浮かんできた。

樹を見上げるおだやかな目。無性《むしょう》に会いたくなった。

ランドセルを放り投げると、館《やかた》に向かってかけ出した。


「ああ、おどろいた。学校でみっちり練習したんじゃなかったの？　もっと練習しようと思った？」

資料室の戸締《とじ》まりをしていた木崎さんが、目をくりくりさせて、樹の顔をのぞきこんだ。

入口のガラスケースの中の「初菊《はつぎく》」が、じっと見つめていた。どこかおつるさんに似たまなざしだ。しだいに心が落ち着いてきた。

ふと顔を上げると、壁《かべ》に飾《かざ》った「でこんぼ」の文字が目にとまった。筆で絵のように書いた墨《すみ》の文字だ。何度も館《やかた》にきていたのに、気がつかなかった。

「でこんぼって、ちょっとかわいい感じでしょ」

じっと見つめている樹に気づいて、木崎さんがいった。

「でこんぼって、人形のことですよね。どうして人形のことを、でこんぼっていうんですか？」

ずっと不思議《ふしぎ》に思っていた。

「木でできた人形のことをね、でくとか、木偶《でこ》っていうのね。おでこともいうらしいけど。このあたりではずっと昔から、でこんぼっていって親しまれているの。ときには、役に立たない意味の、でくのぼう、のこともいうらしいけどね」

木崎さんはクスッと吹《ふ》き出すと、いたずらっぽく笑った。

「でこんぼって響《ひび》き、私好きです。ほっとする感じがして」

木崎さんは「そうよね」と、大きくうなずいた。

「そのままだと役に立たない木の棒《ぼう》も、そこから人形が生まれて、人の心を動かすでこんぼになる。でこんぼはね、ただひたすらそのときを待ってるの。これってすごいと思わない？」

木崎さんに顔をのぞきこまれて、思わずうなずく。

「役に立たない存在《そんざい》でも、強い心で念《ねん》じていれば、きっと輝ける時がくるって、そんな気にさせてくれるのよ」

でこんぼ、でこんぼと、口の中で唱《とな》えてみる。

樹の口から、ふっとため息がもれた。

「自然の中で生きる物は、動物も植物も強いわね。でこんぼも、元はそんな木の一部。でもね、今田のでこんぼたちも、消えかけたときがあったのよ」

「消えかけたとき？」

「何度もなんどもね。特に戦争中は、人形はすべて焼きはらうようにという命令さえ出たの。生活も苦しくて、人形芝居なんて考えていられない時代だったから」

木崎さんは大きく息をつく。

「たくさんの人形遣《つか》いや人形たちが姿《すがた》を消していったの。この今田も、まさに風前《ふうぜん》の灯火《ともしび》だったわけ」

「風前の灯火？　でも、消えなかったんですね？」

「みんな必死に守ってきた。でも座員《ざいん》は年々減るばかり。残ったのは高齢《こうれい》の四人だけ。でもね、その心底《しんそこ》、人形好きの名人四人衆《しゅう》が、弾《ひ》き語《がた》りをつづけ、人形を遣い、消えかかる炎《ほのお》を懸命《けんめい》につないでくれた。だから今に残っているの。その当時の資料もあるから、いつか読んでみて」

木崎さんは明るい笑顔でふり返った。

「だから私たちは、今田のでこんぼを、これからも守りつづけていきたいの」

長い歴史を生きぬいてきたでこんぼ。

でこんぼを愛する人々の思い。
その中のほんの小さなひとりとして、今、樹はいるのだと思えた。
「世界をつなぐ人形たちが、友だちなんだものね」
人形は何もいわなくても、樹をそっとつつんでくれる。
心がふわりと温かくなった
ただじっと、果歩の笑顔を待っていたあのころ。
でも今は、七海や陽斗たち、人形クラブの仲間がいる。でこんぼたちに会えた。
もうあのころの、自信をなくしたひとりぼっちなんかじゃない。
樹はぐっと顔を上げる。
「果歩、私は逃《に》げてなんかいないよ」
夕焼け空を見上げながら、樹はささやいた。

10 亀裂《きれつ》

人形クラブの練習も順調に進んでいる。

人形座《にんぎょうざ》での特訓《とっくん》も、三台の大型扇風機《せんぷうき》の風にはげまされながら、三十分近い演技《えんぎ》も通してできるようになった。

初めのうちは、遣《つか》い手《て》の三人がぶつかってばかりいたけれど、しだいにそれもなくなった。樹《いつき》も陽斗《はると》の動きに合わせて、スムーズに動けるようになってきた。

あとは手や首や体の、こまかな動かし方を教えてもらって、仕草に表情をつけていく。

人形を遣うには、気持ちを表すための、いくつもの約束事《やくそくごと》や型《かた》がある。

泣くとき、おどろくとき、怒《おこ》るときの動かし方がある。

首や手の動き、体の向きの約束事や型に合わせた動きで、人形の心が表現できる。

本番の秋季祭礼《しゅうきさいれい》の宵祭《よいまつ》りまでには、なんとかなりそうだ。

夏休みの練習も残すところあと二回になり、今日も全員が集合した。

「あれ、今日もメガネなし?」

おゆみさんをかかえながら、七海《ななみ》がいった。

「ほんとはさあ、メガネなんていらないんじゃないの。都会のお嬢様《じょうさま》のファッションでした、とかいうやつ? それって、ド近眼の私にしては、超《ちょう》むかつくんだよね」

七海が、ふうっと鼻から荒《あら》い息をはく。こんなときの七海は怖《こわ》い。

汗《あせ》かきの七海は、ほおの所に汗がたまって、そのせいでレンズがくもっている。

「おー、こわー。すっげえ荒《あ》れよう。七海さぁ、そんな怖い顔しないの。そうでなくてもおまえは、こえーんだから」

陽斗が逃《に》げの体勢《たいせい》をとりながら、七海をからかった。

でも七海は、ふうっと息をついたまま、しゃがみこんでしまった。

「七海のおばさん、再婚《さいこん》するかもしれないって。だからイライラしてんだよ、きっと」

陽斗がそっと耳打ちをする。

「再婚って？　もしそうなら、新しいお父さんができるってこと？」

「はあ？　あたり前だろ、再婚ってそういうもん」

陽斗はあきれたとでもいいたげに、樹を見た。

もし新しいお父さんができたら、七海の辛《つら》さは消えるのだろうか。お父さんの亡《な》くなったことの、答えは出てくるんだろうか。

七海はメガネをTシャツのはしでふいて、ぼんやりとしている。

「さあ、練習始めるわよ」

生田《いくた》先生の声に、七海はしぶしぶ立ち上がった。

「はい、そこんとこ、おゆみさん、もっと気持ちこめて。おゆみさんの苦しさが、一番盛《も》り上がるところだ。顔をふせて、体をそうそう、ふるわせて」

座長《ざちょう》さんのきびしいチェックがはいる。

今日は集中的におゆみさんの動きの見直しらしい。

娘《むすめ》の身を案じて名のれない母親の、苦しい胸《むね》の内《うち》をどれだけ伝えられるかが、この芝居《しばい》の山場だ。

父母《ちちはは》の、恵《めぐ》みも深き粉川寺《こがわでら》
泣くなく別れ行く後を、見送り見送りのび上がり
「これ娘《むすめ》、ま一度こちら向いてたもれ……」

太夫《たゆう》のたたみかけるようなせつない語りが、テープから流れる。七海の顔がゆがむ。

おゆみさんは両手で顔をおさえ、体をふるわせてたおれこむ。

「そこ、もう一度、そんなラジオ体操《たいそう》みたいな動きじゃダメだ」

「指は、ほら天井《てんじょう》をさすように、顔はうつむきかげんで、体は起こすな、ちょっとたおして」

「ひとつひとつの動きにもっと気をくばって、つらい思いが伝わるようにな」

座長さんのだめ出しが連発する。

今日の七海は、何度も同じ所で注意を受ける。そのたびに、ほおをふくらませて、そっぽを向く。

「おい、やる気がないんならやめろよ。おまえいつもいってるじゃん、みんなにめいわくだからってな」

陽斗が小声で七海にささやく。

七海は怒《いか》りを全部、目にこめたみたいな怖《こわ》い顔で、陽斗をにらんだ。

「こえー」

首をすくめる陽斗に、七海はどんと体あたりした。陽斗の体がぐらりとゆれて、高げたが、ぐにゃりとかたむく。

ふんばりがきかなくて、陽斗の体も大きくかたむいた。

とっさに支《ささ》えた樹につかまって、陽斗はなんとか体勢《たいせい》を立て直した。

「けっ、凶暴女《きょうぼうおんな》、暴力反対！」

陽斗がさけんだ。

「おまえのせいだ、おばさんが再婚話《さいこんばなし》なんか持ってくるから、家の中がおかしくなったじゃん！」

七海が陽斗をにらんだ。陽斗はいっしゅん、ひるんだけど、口をつんととがらせて、七海をにらみ返す。

いつもふざけあっているふたりだけど、こんな険悪《けんあく》なのは初めてだ。

奈緒《なお》も桂太《けいた》ももじもじしだした。萌《もえ》もみさきも大きくため息をついて、舞台《ぶたい》のすみに逃《に》げていく。

「おいおい。けんかはやめろ。どうしたんだ」

座長さんがびっくりして、目をぐりぐりさせた。生田先生もあきれている。

ふたりは口をキッと結ぶと、そっぽを向いた。

「何があったか知らんが、もう一回さらったら休けいをとるぞ。おゆみさんの一番の山場だ。愛するわが子を抱《だ》きしめたいができない、その母の心のまよいを、右手の動きでこう表して」

座長さんが見本を見せる。

七海はぶすっとほおをふくらませたまま、とりあえず見本通りに、おゆみさんを動かした。動きがぎくしゃくしている。

それでも七海はおゆみさんの体を小きざみにふるわせて、うつぶせた、と思ったとたん、ポンとおゆみさんを放り出した。

だれもがみんな、「あっ!」と、息を飲んだ。

人形を放り出した? 七海が?

信じられない! 樹の全身から冷《ひ》や汗《あせ》が流れ出た。

おそるおそる座長さんに目をやる。

ちょうど生田先生が声をかけたところだったので、座長さんは気がついていない。

奈緒と桂太は、きょとんとして七海を見上げた。

「やってられないよ、こんなの」

七海ははきすてるようにつぶやくと、くたくたとしゃがみこんでしまった。

ピリピリした空気に、みんなの気持ちが一気に冷《ひ》えていく。

みんなの間に、目に見えない亀裂《きれつ》が走った。

「先生、七海、今日は調子わるいみたい。もう家に帰してやって、今日はおれが代わりやるから」

陽斗が空気をなごますように、わざと間のびした声を上げる。

「あらあらどうしたの？　熱中症《しょう》にでもなったらたいへん」

生田先生は七海に気づくと、あわててかけよった。

「すまんすまん、つい夢中《むちゅう》になりすぎた。休けいだ、暑いから体もまいってしまうな。しっかり水分をとること」

座長さんがひたいの汗《あせ》をふきながら、みんなを見まわした。

「わたし、帰ります」

七海はうつむいたままつぶやくと、ふりむきもせず帰ってしまった。

樹の胸《むね》はドキドキ鳴りっぱなしだ。

七海が練習を投げ出すなんて。こんなこと初めてだ。

夏休み最後の練習も、七海は出てこなかった。

「なに、七海さんなら大丈夫だ。基礎《きそ》ができているから、元気になれば完璧《かんぺき》にやってくれる。みんなは、自分のパートをしっかりこなしてくれ」

ひとりひとりの顔を見ながら、座長さんは力強くいった。

生田先生がアイスクリームの差し入れをしてくれた。

冷たいアイスクリームと、座長さんのはげましに、樹もなんとかうなずき返した。

11 満天の星

「おっ、今夜は流星群《りゅうせいぐん》が見られるのか」

新聞を見ていた父さんがいった。

「きれいな星空をゆっくり見るのもいいわね」

母さんが、自分の肩《かた》をトントンとたたきながらうなずいている。

父さんと母さんは、若《わか》いころ、よく星を見に出かけたらしい。

「すぐ近くに、星《ほし》の里《さと》があるんだから、樹《いつき》をつれて行ってあげたら」

おばあちゃんがすすめてくれた。

星の里は、樹も知っている。家から車で三十分ほどの山間の村だ。日本一星がきれいに見えると評判《ひょうばん》だ。

「七海《ななみ》ちゃんもいっしょにどうだ」

父さんが上着にそでをとおしながらいった。
あの日から七海に会っていない。ずっと気になっていた。
星見に誘《さそ》ってみよう。
樹はバッグからメガネを出して、かけた。

家に七海はいなかった。樹はぶらぶらと歩いて果樹園《かじゅえん》に行った。
春にはここで、いっしょにおじいさんの手伝いをしたのに。
やってられないよ、こんなの……。
七海の押《お》し殺《ころ》したような声がよみがえる。
一番大きなりんごの木の下に、七海の姿《すがた》が見えた。
りんごの木を、にらみ上げるようにして立っている。
麦わら帽子《ぼうし》をぬぐと、丸めてりんごの枝をなぐり始めた。
葉が飛び散り、緑色に色づいた小さなりんごが飛び散った。

麦わら帽子《ぼうし》は、みるまにぼろぼろになった。

近くまでいったまま、樹は声もかけられずに、立ちすくんでいた。

七海が手を止めてふり返った。

一瞬《いっしゅん》、目をむいて、それから背中《せなか》を向けた。

七海の荒《あら》い息づかいと、ミンミンゼミの声が聞こえてくる。

「なんで、樹がいるのよ」

背を向けたまま七海がつぶやいた。

「あの、ゴメン、今夜、父さんの車で星を見に行くんだ、七海も誘《さそ》おうと思って。でも……帰るね」

樹はくるりときびすを返す。

「おどろいたよね？　私のこと、めちゃくちゃだと思うよね」

気弱な七海の声。これって本当に七海？

「知ってるでしょ、陽斗《はると》はおしゃべりだから。っていうか、陽斗のおばさんがおせっかいな話持ってくるから、おかしくなったんだ」

つまり、おばさんの再婚《さいこん》話を持ちかけたのは、陽斗のおばさん……！

「母さんはそんな気はないっていうけど。おじいちゃんが動けなくなったら、どうするんだろうって、そう思うとわかんなくなる。弟も妹もまだ小さくて、何にもできないじゃん。あたししかいないのに、なんの力にもなれないじゃん。くやしいんだよ、すごく」

ぼろぼろの麦わら帽子をぎゅっとひねる。

麦わら帽子が七海の心みたいで、胸《むね》がいたい。

いつも笑っていつも元気で、なんでも一生懸命《けんめい》の七海。

一生懸命すぎて、心がぱんぱんにふくれあがって、出口が見えなくなったんだ、きっと。

「行こうよ、気分転換《てんかん》も大事だよ。それにわたし、今まで星なんて、ちゃんと見たことなかったし。ううん、見ようと思ったことさえなかったし」

「そうだね、ここからだと市街《しがい》の灯《あか》りがけっこうきついから、あまり星、見えないもんね」

七海は、川向こうの市街地を見ながらぼそりといった。

夜八時。雲ひとつない澄《す》んだ空は、深い紺色《こんいろ》に染《そ》まっていく。

父さんの車で、七海もいっしょに、ひとつ山を越《こ》えた、となり村のキャンプ場に向かう。

くねくねした山道を進み、街灯《がいとう》のない暗い道を、車はぎゅんぎゅんいいながら上っていく。

道の両わきにせまっていた木々はなくなって、急にあたりの視界《しかい》が開けた。

「よーし、着いたぞ、星降《ほしふ》る里《さと》だ。今夜はたっぷり星見を楽しもう」

父さんがはずんだ声を上げた。

夏だというのに、外はひんやりすずしい。空を見上げて、樹は思わず息を飲む。

宝石箱《ばこ》をひっくりかえした、なんて言葉じゃ足りない。

「うっわあー、星が降ってくるよー！」

樹は星空に両手をさしのべて、思わず声を上げた。

赤、黄、青、緑、水色、ピンク、オレンジ、白……、キラキラきらめくパステルカラーの、おびただしい光の数。濃紺《のうこん》の空の海の中で、静かにやさしくゆれている。

「あっ、天の川！」

天頂《てんちょう》から南に向かって、淡《あわ》い雲のように流れる星の帯《おび》が見えた。

「すっごい！　ほら、夏の大三角形、白鳥にわし、それから琴座《ことざ》がバッチリ見える」

七海もメガネをおさえながら、興奮《こうふん》した声をあげた。

「なんで、こんなにきれいなの！」

「降ってくる、降ってくる、どうしようー！」

樹と七海の歓声《かんせい》があたりに響《ひび》く。星がキラキラ小さくゆれる。

「四方が山に囲まれて、人工の光が遮断《しゃだん》されているだろ。ここは標高《ひょうこう》も高いし、空気が澄《す》んでいるから、きれいに輝く星が見られるんだ」

父さんは大きく深呼吸《しんこきゅう》する。となりで母さんも星に見とれている。

「自然からの贈《おく》り物だな。下ばかり見てないで、たまには空を見上げてごらん、ってもんだ。おおおー、心の洗濯《せんたく》だなあ」

父さんは、星空に向かって大きくのびをした。

広大な宇宙《うちゅう》、果《は》てしない星の世界、その中にいる小さな自分たち。

「胸《むね》が、ぐんと広がっていくみたい」

樹は、両腕《りょううで》をいっぱいに広げる。

七海はメガネをはずすと、プルプルプルと顔をぬぐった。

ブルーのはば広のメガネ、度がきついのか、レンズのはしがかなりぶあつい。

「メガネ……、ちょっと貸して」

七海はおどろいたように目を見はり、それでもメガネを差し出した。

代わりに樹もメガネを渡す。

「本当のメガネって、やっぱり重いんだね」

かけてみる。頭がくらくらする。目のおくがいたい。これが、本当にメガネをかけたって感じなんだ。

七海はピンクのメガネをしばらくながめていたけど、くいっとかけた。

「なあにこれ、かるっちー、かけてもかけなくても、なんにもかわんないしー」

七海が黄色い声を上げた。

「そう、私のはうそのメガネ。見るためじゃなくて、顔をかくすためのもの」

七海がけげんそうに樹をのぞきこむ。

「私、前の学校でいじめられてた。無視《むし》のターゲットにされちゃった、親友にね。だからここにきたら、目立たないように、みんなから見えないようにするために、メガネをかけたの」

メガネをかけて、見えないつもりでいたのは自分だけ。人から見たら、顔なんて丸ごと見えちゃっているのに。

なんだかこっけいすぎて笑えてくる。

「でも、七海はちがう。七海はごまかさないもの、いつもがんばってるもの」

七海はピンクのメガネをちょっと下げて、上目使いに樹を見ている。

「でもね、ときどきは私のメガネをかけて、なんにも見えないようにしたら、ちょっとはらくになれるかもしれないよ」

七海はすっと地面に視線《しせん》を移した。

「あっ、あの、ごめん、なにいってんだろ、私って、ほんといやになっちゃう。私のはうそ物だし、その理由なんてバカみたいなことだし……」

顔が熱くなる。樹は両手でばたばたあおる。

七海は小さく首をふった。

「無視《むし》されるってつらいじゃん、それも親友になんてさ……。うそメガネでも、ちゃんと樹の役にたってたんじゃない」

心臓《しんぞう》がプルンとはねた。体がふるえて、樹は急に涙《なみだ》が出そうになった。

「樹って、おもしろいよ、最初見たときからそう思ってた」

七海はピンクのメガネをはずすと、Tシャツのすそでごしごしとふいた。

「見えないようにするメガネかあ……、うん、それもいいかも」

七海はまたメガネをかけると、にっと笑った。

涙がこみ上げそうになって、樹はぐっと飲みこむ。

七海はちゃんとわかってくれた。

それだけでいい。

つらかったできごとが全部、シュワシュワと音をたてて消えていく。

「ね、ピンクのかわいい系も、私、あんがい似合ったりして」

七海はぶりっ子ポーズをとった。それから、メガネを両手でおさえると、目をほそめてあたりを見まわした。

「あのさ、よかったらこのメガネ、貸してくれない？」

「そんなのでよかったらどうぞ、私もメガネなしでがんばってみたいから」

「じゃあ、しばらく借りるよ、なにも見えないメガネっていうのもいいかもね。私せっかちだから、このメガネをしてボーっとするのもいいかも。でもーお、今はむり。きれいな星が、大きな団子《だんご》に見える！」

七海が悲鳴《ひめい》を上げた。

「あっ、流れ星だ！」

すいっと流れて、消えた光。一瞬《いっしゅん》で願いごともいえなかった。

「よし、マジになる。願い事をする！」

七海は自分のメガネにかけ直すと、怖《こわ》いほど真剣《しんけん》な顔で空を見上げた。


家に帰り、温かなお風呂にどっぷりつかった。

七海に打ち明けて、心も体もさっぱりした。

居間《いま》のゴミ箱をのぞいたら、果歩からのはがきが、引きさかれたまま底の方にかたまっていた。

そっとひろい集める。

七海と見た星空が、樹の脳裏《のうり》に広がっていく。

逃《に》げていてもだめだ、今までの弱虫の自分とさよならだ。

おばあちゃんからもらったはがきに、マーカーペンでくっきりと書いた。

『大宮八幡宮《おおみやはちまんぐう》秋季祭礼《しゅうきさいれい》上演《じょうえん》・傾城《けいせい》阿波《あわ》鳴門《なると》　順礼歌《じゅんれいうた》の段《だん》……美里《みさと》小学校今田《いまだ》人形《にんぎょう》クラブ。私は、がんばってます』

明日の朝一番に、ポストに入れよう。

果歩はどんな顔をするだろう。

12 仲間とともに

いよいよ、大宮八幡宮秋季祭礼《おおみやはちまんぐうしゅうきさいれい》の日がやってきた。

今夜は宵祭《よいまつ》りだ。樹《いつき》たち今田人形《いまだにんぎょう》クラブの出番は宵祭りの二番手で、父さんたちの上演のあとだ。

朝からからりと晴れ上がっている。最高の祭り日和《びより》だ。

夕方からの宵祭りに向けて、人形《にんぎょう》の館《やかた》は朝からあわただしい。

小道具の補習や舞台装置《ぶたいそうち》の設置、音響《おんきょう》や照明の確認《かくにん》で、人形座《にんぎょうざ》の人たちは朝からかけまわっている。

「よし、もうバッチリだ。みごとなできばえだ、あとは自信を持ってやるだけだな」

人形クラブの最後の練習が終わると、座長《ざちょう》さんたちに太鼓判《たいこばん》をおされた。

「なんか、急にドキドキしてきたあ」

陽斗《はると》は胸《むね》をおさえて、舞台《ぶたい》の上を歩きまわる。

「だいじょうぶ、私、樹のメガネかけるから」

七海《ななみ》さえ、そういいながら、ちょっと顔がこわばっている。

「そんなことしたら、何も見えなすぎてころんじゃうよ。それに黒衣《くろご》になるんでしょ、私たち。それなら、顔を見られないからちょっとは安心」

父さんたちはさっき、黒い布を、頭からすっぽりかぶって練習していた。

「はあ？　樹ったらなにいってんだよ、子どもはそのまま。今田人形クラブのロゴ入り真っ黒Tシャツに、学校のジャージズボンがユニホーム。顔はかくしちゃまずいでしょう、おれのファンが泣いちゃうから」

陽斗は大まじめな顔でいった。

「えっ、うそでしょ！　そんなあ……、かぶるんだって思ってた！　むり、むり、みんなにじろじろ見られるなんて」

「大丈夫、もったいながるほどの顔じゃない」

陽斗はにんまりと笑う。

「おつるさんになりきれば、周《まわ》りのことなんか気にならんぞ、集中集中」

通りがかった座長さんは、樹の背中《せなか》をポンとたたいて笑った。

手渡された黒のTシャツには、背におつるさんとおゆみさんが、白く染《そ》めぬかれている。〈今田人形クラブ〉のロゴもかっこいい。

「やだ、陽斗、だぼだぼ！　見栄《みえ》はって大きいのとるから」

「七海こそ！　Tシャツだけ小さくしたってむり、その巨体はかくせませーん」

また、七海と陽斗のバトルが始まった。みんな笑って見ている。

樹は、Tシャツのおつるさんをそっとなぜる。

背中をおしてもらえそうで、力がわいてくる。

すっかり準備《じゅんび》の整《ととの》った舞台の手前には、大きな和《わ》ろうそくが、等間隔《とうかんかく》に設置《せっち》されている。

闇《やみ》が濃《こ》くなったら、和ろうそくの灯《あか》りだけで人形芝居《にんぎょうしばい》を観《み》てもらうのだ。

和ろうそくのゆらめきで、人形たちの表情も、ぐっと深みをます。

ふと舞台《ぶたい》を見ると、木崎《きざき》さんがひとり、目をとじて立っている。

声もかけられないまま、樹は木崎さんを見つめた。

「あらやだ、みんなして見てたの。ふふふ、毎年のことだけど、緊張《きんちょう》するわね」

視線《しせん》に気づいて、木崎さんはほおを赤らめた。

「ええっ、木崎さんでも緊張するんだ」

陽斗は意外というように、声をはり上げた。

「もちろんよ。どこまでやっても、これでいいということはないから、果《は》てしない戦いね」

「戦いかぁ……、どうしてそこまでして、人形芝居をやるのかなあ」

七海は思いつめた顔でつぶやいた。

「そうねえ……、人形が好きだからかな。好きだからおもしろい。おもしろかったよといわれれば、またどんどん人形が好きになる。それって、理屈《りくつ》なんかじゃないの」

木崎さんは、ふっと息をつく。

「人間ってね、夢《ゆめ》があるから生きられる。人形を思うように遣《つか》うことが、夢。だからがんばれたんじゃないかしら、あなたのお父さんも」

木崎さんはゆっくり視線《しせん》を七海に移す。

七海は大きく目を見はって、木崎さんを見つめ返した。

木崎さんは小さくうなずいた。

七海がやさしい顔になった。

樹は、そっと胸《むね》に手を置く。

人形芝居の舞台《ぶたい》の上で、これまでに、どれほどたくさんの人たちの、夢が花開いてきたのだろう。そしてこれからも……。

ちょっとだけ、担《にな》わせてもらった、今田人形の伝統《でんとう》。

でもそれは、思った以上に大きな役目だった。

「……じゃあさ、おれたちはその幸せかみしめて、とにかく全力でがんばろう」

陽斗は神妙《しんみょう》な顔をして、トンと胸をたたいた。

お昼を告げる広報が流れた。

「いざ、出陣《しゅつじん》、夢を追いかけてって感じだな。でもその前に腹《はら》ごしらえ。腹へったぁ。

ほんじゃあ、五時集合ってことで、おくれんなよー」

陽斗はみんなに声をかけると、腕《うで》をぶんぶんふって帰って行く。

「父さんも幸せだったのかな、夢が持てて」

帰り道の三差路で、七海が顔を上げて、ほほえんだ。


午後五時、あたりは少しずつ薄闇《うすやみ》につつまれていく。

上演は七時からだけど、観客が集まりだした。

「はーい、みなさん、わたしきました。オウ、みなさんかっこいいですね」

ノーランさんが、大きなカメラを首からさげて、約束《やくそく》どおりやってきた。

「かっこよく写してくださーい」

陽斗がさっそく、モデルみたいなポーズをとった。

ノーランさんはウインクすると、パチリとシャッターをきって笑った。

あたりがすっかり暗くなったころ、星が姿《すがた》を現した。

境内《けいだい》を彩《いろど》る竹ろうそくの灯《あか》りが、星明かりにとけこんで、あたりを幻想《げんそう》的に染《そ》めていく。

客席のうしろの扉《とびら》が大きく開け放たれて、たくさんの椅子《いす》が境内にも用意された。

外から見る舞台《ぶたい》は闇《やみ》の中にふわりと浮かんで、星空の下で見る人形芝居のようだ。

ざわざわとした声が、さざなみのように聞こえてくる。

舞台のそでからのぞいて見ると客席は満員で、境内までたくさんの人が集まっていた。

「うわあ、テレビのカメラがきてる、テレビに映《うつ》っちゃうのかな。そしたら、おれたちスターになっちゃうぞ」

陽斗につられて、みんなの気分も浮き足立つ。

樹の心臓《しんぞう》は、いたいほど脈《みゃく》打ち始めた。今にもはきそうなくらいの気分だ。

「メガネ、返そうか」

自分のメガネの上に、樹のメガネを二重にかけた七海が、にたりと笑った。

いつもの七海の完全復活だ。

「よし、いつもの練習のようにやるだけ。はるばる母親を訪《たず》ねてきたおつるさんの気持ちだけ考えて。私はもう完全に母親気分よ。そう、私はおゆみ、君の母親ね」

こちこちになっている樹に、七海がぎゅうっとだきついてきた。

「うっわ、女同士でなにやってんだ、きもい、やめろー！」

陽斗の悲鳴《ひめい》にみんなが吹《ふ》き出す。

声を出して笑ったら、胸《むね》につかえていたもやもやが、すっと晴れた。

今田人形クラブのTシャツに学校のジャージ。おそろいのかっこうが、みんなとつながってる感じで、心強い。

「でこんぼのおつるさん、命を吹きこむからね。いっしょにがんばろう」

体をたたんで静かにときを待っているおつるさんに、樹はささやく。
おつるさんが小さくうなずいた気がした。
人形を遣《つか》って舞《ま》いを奉納《ほうのう》する、父さんたちの「戎舞《えびすまい》」が終わった。
大きな拍手《はくしゅ》がわき起こる。どやどやと舞台《ぶたい》そでに大人たちがもどってきた。
みんなびっしりと汗《あせ》をかいている。
「樹、がんばれよ」
父さんが顔いっぱいの汗をふきながら、満足そうに笑った。
樹は胸《むね》の前で、小さくピースをする。
七海が「ファイト!」、といいながら背中《せなか》をおした。
奈緒《なお》が拍子木《ひょうしぎ》をうちながら、舞台そでから出て行く。
「ここもとごらんいただきます、人形浄瑠璃《じょうるり》の外題《げだい》は、『傾城阿波鳴門《けいせいあわのなると》 順礼歌の段《じゅんれいうたのだん》』
太夫《たゆう》、藤本直美、三味線《しゃみせん》、大谷妙子、人形、美里《みさと》小学校人形クラブにて相《あい》つとめます。
まずは『順礼歌の段』、それにて口上《こうじょう》、とざいとーざーい」

また一段と大きな拍手が起こった。
奈緒は引きつった顔で舞台そでにもどってきた。
「上出来《じょうでき》ー！　かっこいいよ、奈緒！」
七海の声に、奈緒はほっと、大きな息をついた。
三味線が流れる。語りが始まる。
「よし、行くぞ、いざ出陣《しゅつじん》だ！」
陽斗が晴れやかに告げた。
和《わ》ろうそくの灯《あか》りに、舞台がやわらかに照らし出される。
お客さんの顔も薄《うす》ぼんやりとして見える。これなら緊張《きんちょう》しないでやれそうだ。
生《なま》の三味線と語りは、身も心もしゃきっとする。気持ちが引きしまる。
おつるさんが、今、舞台に立ち、輝く。命を持った演《えん》じ手《て》になる。
七海はもう、おゆみさんになりきって、無心《むしん》に人形を動かしている。
樹が正面を向いたとき、境内《けいだい》のかたすみで、ポーチのスパンコールに光があたったのか、小さくきらっと光った。

一瞬《いっしゅん》、目を向けた。

心臓《しんぞう》が、すっと冷たくなった。

星明かりの中に、果歩《かほ》がいる……！

ディズニーランドでいっしょに買ったピンクのポーチを肩《かた》にかけて、髪《かみ》をひとつに結《ゆ》った果歩が立っている。

手が止まった。

持っていた順礼《じゅんれい》の笠《かさ》を落としそうになった。

陽斗がくいっと体をよせて、落ちそうになった笠を止めた。

「バカ！、集中しろ！」

鋭《するど》いささやき声に、はっとした。

おつるさんが、どうしたの、というように顔をかしげた。

もう一度、会場にさっと目を走らせる。果歩の姿《すがた》は消えていた。

見まちがったんだ、果歩がここにいるはずがない。

「いかん、いかん……、　私はおつる！　両親をさがし訪《たず》ねる小さな少女！」

樹は口の中で唱《とな》える。

やわらかな灯《あか》りの中、右わきに陽斗の温《ぬく》もり、足もとに萌《もえ》の温もりが伝わる。

陽斗の息づかいに合わせて、人形の左手を動かす、身をよせる。

萌のふみ鳴らす軽いぞうりの音に、おつるさんが体をはずませる。

三人の動きがひとつになって、今、おつるさんは命を得て生きている。

山場のシーンだ。

七海が体をふるわせて、おゆみさんを演《えん》じる。奈緒も桂《けい》太《た》も、七海にぴったりとついて、乱《みだ》れることなく動いている。

人形を動かしているんじゃない、みんな今、人形の一部だ。

会場からすすり泣く声が聞こえてきた。

一番前の席のおばあさんが、ハンカチで目頭《めがしら》をふいている。

境内《けいだい》を走りまわっていた小さな子どもが、そのままのかっこうで立ち止まって見入っている。

演《えん》じ手《て》も観客も、みんなの心がひとつになる。

命を持った人間と人形が、ひとつの人生を演じている。

ひとりぼっちなんかじゃない、みんなとつながっているんだ。

何もかも視界《しかい》から消えた……。


夢中《むちゅう》だった、もっとつづけていたいと思った。

幕《まく》がおりて、大きな拍手《はくしゅ》につつまれた。

気がついてみたら、終わっていた。

汗《あせ》が体中から吹《ふ》き出して、息も荒《あら》くなっていた。

「よくやったな、今までで最高のできだ」

座長さんが、満面の笑《え》みでむかえてくれた。

「すばらしかったわ、先生まで泣けてきた」

生田先生は、涙《なみだ》をふきながら笑った。

「やるじゃない、きみたち。大人顔負けだ」

木崎さんが大きな目をくりくりさせて、力のかぎり拍手《はくしゅ》をしてくれた。

「ドキドキワクワク、ぼくのむねやぶれます。みなさん、ほんものでした」

ノーランさんは、ほおをピンク色に染《そ》めて胸《むね》をおさえた。

みんなでハイタッチ、気分は最高だ。

何もかもわすれてこんなに夢中《むちゅう》になれたのって、生まれて初めてだ。

こんなに人に感動してもらえるなんて、樹は思ってもみなかった。

「私たちすごいよね」

「うん、やるよね、私たち」

七海と顔を合わせて笑い合う。

舞台の裏《うら》でひと息ついたあと、生田先生が用意してくれたジュースで、みんなで乾《かん》杯《ぱい》した。

「なんか、父さんが人形に夢中になった気持ち、わかった気がする。やっぱり好きだったんだよね、ただそれだけ。それだけでいいんだ。夢《ゆめ》を持って生きられた父さんは、やっぱり幸せだったんだ」

七海は晴ればれとした笑顔を見せた。

おばさんは、噴霧《ふんむ》機《き》やトラクターなんかの農機具の、使用講習会に出かけているらしい。毎日やたらいそがしそうだと、七海が笑いながら話してくれた。

「おおい、樹ちゃん、友だちかな、とにかくお客さんだよ」

陽斗のお父さんが、舞台裏でよんでいる。

友だち？　まさか……？

テンションは一気に急降下《こうか》、やっぱりあれは、果歩だった？

ううん、そんなはずはない。だって、日にちも場所も知らせなかったし、来て、なんて書かなかったし。

あのはがきだけで、果歩がわざわざ見にくるはずがない。

そう思うのに、歩くたびに、さっきとちがうドキドキがわいてくる。樹はざわつく胸《むね》をおさえながら、かけだした。

鳥居《とりい》の横に小さな人影《ひとかげ》が見えた。

灯《あか》りに照らされて、ノースリーブの白のブラウスに水色のキュロット、緑色のスニーカー姿《すがた》の果歩がいた。

しっかり者の果歩の定番のスタイルだった。

真妃色《まきいろ》に染《そ》まって派手《はで》になっていたころの果歩じゃない。

仲よしだったころの果歩がいる。

お気に入りのディズニーのポーチを肩《かた》にかけて、伏《ふ》し目《め》がちに立っている。

果歩は樹に気づくと、顔を引きつらせた。

「きてくれたんだ……」

大丈夫だ、声はかすれていない。

「人形芝居をする樹、すごいなって思った、がんばってるなって思った。なんだかね、知らない人に見えたよ。それだけいいたかったから」

果歩はつぶやくようにいうと、くるりと背《せ》を向けた。

「それと……、いろいろごめん、でも、私も負けないから」

ふり返った果歩の顔が、くしゃりとゆがむ。泣きそうな顔のままちょっぴり笑った。

言葉が出てこない。

聞きたいことはいっぱいあるけど、何も聞きたくない気持ちの方がずっと大きい。

樹はだまってうなずく。

果歩はきびすを返すと、そのまま闇《やみ》の中に消えていった。

「あの子？　樹のいってた親友って」

七海が館《やかた》の玄関《げんかん》からひょこんと顔を出した。

「ああ、びっくりした！　おどかさないでよ」

「ゴメンゴメン、のぞき見してた。でも、私たちの人形芝居を見るために、わざわざくるなんて、おっどろき！」

七海は首を大きくふった。

「でもね、あの子は負けないよ、大丈夫だよ」

七海の声がやさしい。

そう。果歩もきっと負けないはず。

きっといつか果歩と、昔みたいに笑って会える日がくる。

樹の胸《むね》に、いろんな思いがゆっくりとわき上がる。

ぱんぱんにふくらんで、今にもあふれ出しそうだ。

「ああー、ちょっと見て」

七海が反《そ》り返って空を見上げた。

「うわあ、気がつかなかった」

あの夜見た、満天の星に負けないくらいの、澄《す》んだ星空だ。

心が透《す》きとおっていくような、やさしい星の輝きだ。

「ねえ、おふたりさん、星見はあとにして、みんなでお客さんへ最後のあいさつをするわよ、早く舞台《ぶたい》にならんで！」

生田先生がよんでいる。

陽斗がさるみたいに真っ赤な顔をして、両手でおいでおいでをしている。

「まずい、行かなきゃ！　みんなが待ってるよ」

七海が走り出す。

「ねっ、七海、待って！」

七海の背中《せなか》に向かって、樹は声をはり上げる。

今ならいえる、七海にも、みんなにも。

心の中は伝えたいことがいっぱいで、はち切れそう。

「聞いて、あのときいえなかった、私の本当のスピーチ！」

七海が不思議《ふしぎ》そうにふり返った。

樹は大きく息を吸《す》う。七海の前に立つと、両足にぐっと力をこめた。

「私、ここにきてすごくよかったです。ここには自然がいっぱいあって、山も川も、りんごの木もとてもきれいです。古くから人形芝居もあって、今もそれを本気で守っている人がいて、すごいと思います。人形を遣《つか》うのはとても楽しいです。私は今田人形クラブに入って、大切な友だちと出会えました。七海と、そして人形たちです。中学に行っても、私は人形芝居をつづけます。終わり！」

ちょっぴりはずかしいけれど、これが伝えたい私の気持ちだ。

「七海に最初に聞いてほしかったんだ」

ほっとしたとたんに、樹の足がぶるぶるふるえだした。

「ううう っー！」

七海が真っ赤な顔をして、うなり声を上げた。

「ほっ、ほんとうにほんと？」

樹につめよった。樹は大きくうなずく。

「やったー、絶対だよ、中学に行っても絶対いっしょにやろうね、人形芝居！」

七海は樹の手をとると、ぴょんぴょんとびはねた。

「何やってんの、おまえらー。残念でした、もうタイムリミットね。カーテンコールのヒーローの座《ざ》は、おれにまかせろな！」

陽斗が、腕《うで》に、たよりなさそうな力こぶをつくってさけんでいる。

「そうはさせない七海さん！　樹、猛《もう》ダッシュだよ！」

七海は樹の手をぎゅっとにぎると、ドタドタと足音をたてながら走り出す。

樹も負けじと、七海にならんで走る。

ほおがひとりでにゆるんで、おさえてもおさえても笑いがこみ上げてくる。

大きな拍手《はくしゅ》につつまれる。

和ろうそくの灯《あか》りに照らされて、舞台《ぶたい》にならんだみんなの笑顔がはじけてゆれた。

いっしょにならんだおつるさんとおゆみさんが、うれしそうにほほえんだ。

あとがき

今田村(現在の飯田市龍江《いいだしたつえ》)で人形浄瑠璃《にんぎょうじょうるり》が始まったのは、今から三百年以上も前のことです。大阪や京都から木彫《きぼ》りの人形がこの地に伝わり、民衆たちによる人形座《ざ》が誕生したといわれています。

当時は神社への奉納《ほうのう》や娯楽《ごらく》として栄えた人形浄瑠璃ですが、時代とともに多くの人形座がすがたを消していきました。しかし、今田人形浄瑠璃は人形を愛する人々の熱意に支《ささ》えられ、今もなお受け継がれています。現在は国・県選択《せんたく》無形民《むけいみん》俗文化財《ぞくぶんかざい》に指定され、早くから地元の小中学生による人形芝居への取り組みがなされています。

そのひとつとして、毎年十月に行われる大宮八幡宮《おおみやはちまんぐう》秋季祭礼奉納では、人形座の方々とともに、小中学生の今田人形クラブが人形芝居《しばい》を上演します。闇《やみ》に包《つつ》まれた境内《けいだい》に竹ローソクとかがり火がゆらめき、和ろうそくに照らされる館《やかた》の中で演じられる人形芝居は、幻想的《げんそうてき》そのものです。その舞台の上で、仲間と一心になって人形を遣う子ども達と、まるで生きているかのように踊る人形の姿に、私はすっかり魅了《みりょう》されました。

心も言葉も持たない人形が、なぜこれほどまでに人の心を感動させるのだろう、むずかしい語りにもかかわらず、なぜ子どもたちは人形を生きているかのように遣うことができるのだろう、古いとも思える人形芝居の、どこに人を引きつける魅力があるのだろうと、疑問は日増しに大きくなりました。

取材をすすめるなかで、今田人形が海外でも受け入れられていることを知り、言葉も文化も異なる国においても、人々の心をつなぐことができる人形の力におどろかされました。

また、練習を重ねるごとに人形と一体化していく子ども達の姿から、両者の間には、目に見えない不思議な力がたしかに通い合っているのだと、強く感じました。人と人とのつながりによって、歴史や文化は伝えられていきます。伝統芸能《でんとうげいのう》である今田人形を遣うことで子どもたちは、その「つなぎを果たす大事なひとり」という自覚が芽生《めば》え、それが大きな自信になっていくのだと思います。そして表現する喜びを感じた時、自分の中に、新しい力を見つけることができるのだと思います。

物語の中で、自信を失いうつむいていた樹《いつき》に、おつるさんを遣う大役を担《にな》ってもらいました。無事おつるさんを演じ終えた樹は今、はじけるような笑顔を浮かべています。

この物語が一冊の本になるまで、多くの方々のお力をいただきました。飯田市立龍江小学校の今田人形クラブのみなさん、先生方、今田人形座と保存会のみなさま方、いつもはげましてくださった国士者の石関恵美子さん、素晴らしい絵を添《そ》えてくださった山本祥子さん。そして、この物語を手に取り最後まで読んでくださったみなさんに、心より感謝申し上げます。

自分に自信を失いかけたとき、「がんばる自分を信じて、いつでも自分が一番の応援者《おうえんしゃ》」、そんなささやかな声を、この物語からくみ取っていただけたらうれしいです。

熊谷千世子

参考資料

『操り初めて三百年いま郷土に生きる今田人形』伊藤善夫
　今田人形発祥三百周年記念事業実行委員会
『飯田市美術博物館調査報告書・伊那谷の人形芝居かしら目録台帳』
『信州の人形芝居』宮本辰雄　信濃毎日新聞社
『伊那谷の人形芝居』　飯田美術博物館
『今田人形芝居』　飯田市教育委員会
『今田人形浄瑠璃芝居―育て支えた今田の里と人々』　大原千和喜
『グラフィック今田人形』　今田人形座
『人形芝居の里』　唐木孝治　信州毎日新聞
『ひととき四月号特集・人形浄瑠璃の里伊那谷へ』　株式会社ウエッジ
『おらが里龍江特集号・今田のでこんぼ』飯田市龍江老人クラブ・龍江公民館

著者／熊谷千世子（くまがい ちせこ）

長野県に生まれる。第19回小川未明賞優秀賞受賞。信州児童文学会・日本児童文学会・日本児童文芸家協会会員。郷土を舞台にしたのびやかな作風が持ち味。主な作品に『あの夏のとびらを開けて』『クルーの空』『しだれ桜のゴロスケ』（第51回緑陰図書）（以上文研出版）『怪談図書館』（国土社）などがある。

星空の人形芝居

著者
熊谷千世子

画家／山本祥子
装丁／木村　凜

2018年 12 月 15 日初版 1 刷発行

発行所
株式会社 国土社
〒101-0062 東京都千代田区神田駿河台2-5
電話 03-6272-6125
FAX 03-6272-6126
http://www.kokudosha.co.jp
印刷
モリモト印刷株式会社

NDC 913/162p/20cm ISBN978-4-337-33637-7 C8391